「ピザ！」

「あーもう、うるせぇなぁ！」

喚き散らす浜咲麻衣へ肩を貸しながらのそのそ進んでいく。

こんなことになるならやっぱり助けなきゃよかった。

酔っぱらいの相手をするのは当然初めてではないが、
ここまでアグレッシブな人の相手をするのは初めてだ。

冷えてます！
生中
テイクアウト！
浜咲麻衣 Mai Hamasaki
大学2年生。酒好きかつ酒癖が悪いが、どれだけ飲んでも記憶が残るタイプ。過去のとある事件が原因で異性に対しトラウマを抱えている。
杉野美晴 Miharu Sugino
サークル『酒友会』の副会長。大学3年生。はちゃめちゃな人格の持ち主。大金持ちで酒におぼれるのが好き。

桐島朝人 Asato Kirishima
大学2年生。酒を飲む行為が好きであり基本的に目が死んでる。過去に女性関係でトラウマを抱えており、内向的。
三上友 Yu Mikami
サークル『酒友会』の会長。大学4年生の24歳。思ったことはすぐ口に出す。杉野美晴の暴走を止められる唯一の存在。
サークル『酒友会』

「思い出したくない過去とか、
先が見えない未来とか、
私が知りたいのは
そんなことじゃない」
「そんなことよりも、
今はこうやって、私の前で泣いてくれた
貴方を抱きしめていたいの」

くだものナイフと傷だらけのリンゴ１

モテすぎる彼女は、なぜか僕とだけお酒を飲む

和歌月狭山

HJ文庫
1118

口絵・本文イラスト　ぷらこ

CONTENTS

プロローグみたいなぼくの話

小学生のとき桐島朝人は暗い子供だった——なんていうと今は違うみたいな言い方になるが、そんなことはない。大学生となった今も変わらず暗い子供だ。豆電球くらいから真っ暗闇になって、どうにか少し明るさを取り戻してまた豆電球になった。

そんなクラスカーストの下位に鎮座している僕でも好きな女の子はいた。誰にでも優しくて、明るくて、でもちょっと地味めな女の子だった気がする。思い出すのもしんどい。まぁ言ってしまえば無理やり好きになったんだと思う。数少ない友達やクラスメイトにも好きな子がいたのだから、僕だっていないとおかしいと思ったのかもしれない。だから無理にでも好きという感情を引っ張り出したのかもしれない。

しかし今となってはそんなことどうでもいい。僕は友達の思いつきに振り回され、勝手に傷ついただけなのだから。

僕が小学生のとき好きだった女の子——とりあえずA子と呼称しよう——は、中学に上がっても同じクラスで、同じ小学校という共通点もあったおかげで、中学生になってもそここそこ話しかけてもらえた。彼女はあまり派手なタイプではなくて、クラスを陰と陽で分けるとしたら、どちらかというと僕と同じ陰の側だったのだ。

濃度は違えど、同じ属性の人間というおかげで僕は彼女と話すことができていたのだが

——ある日のことだった。

いや、ある日というかあれは確か一年生の三学期、二月の二十五日の掃除の時間だった。ある程度掃除を終わらせて僕は掃除用具を片付けているところだった。友達だと思っていた男子やA子さん、そして他のクラスメイト達が恋愛話をしていたのだ。

誰が誰のことを好きとか、誰と誰は付き合ってるとか、そんな僕にとっては正直どうでもいいことを話していた。

そんな実のない会話を密かに聞いていると、友人が突然信じられないことを言い放った。

「そういえば桐島ってA子のこと好きなんだって」

時間が止まった気がした。ていうか凍り付いた。教室の空気も、僕の心臓も彼の発言によって瞬時に凍り付いてしまったのだ。

冗談だろなんて思いながら僕が振り返ると、教室中の視線が僕に集まっていて、爆弾発言をした友人はなんだよって顔で僕を見ている。

ふと、A子さんと目が合った。彼女は慌てて目を逸らし、ぼそりと呟いたのだ。

「……さいあく」

＊

語ってしまえばなんてことのない話だ。
こんなことを経験している人は僕以外にもたくさんいると思う。
でも当時の僕は耐えられなかった。
彼女が見せた不快感や嫌悪感に今も心を蝕まれている。
呪いなんだ。多分一生解けることのない呪い。
あれ以来――僕は人を好きにならないよう、生きていくことを決めた。
それ以来――僕は友達を作らないよう、孤独に生きていくことを決めた。

Fruit Knife and Bruised Apple

Episode1

第一話

都内某所にある緑黄館大学にて始まった僕のキャンパスライフは——灰色だった。というよりも灰だった。灰そのもの。

いや、こんな言い方をするとまるですぐに燃え尽きて灰になったみたいな感じだが、断じて違う。そう、燃えるようなことなんて一切ない。初っ端から灰かぶりだった。

講義を受けて、バイトに勤しんで、ワンルームアパートに帰ってご飯を食べて、寝る——そんな生活をもう一年以上続けている。

そう、一年以上だ。友人も恋人もできず僕は一年生という時間を怠惰に過ごし、あっという間に二年生になってしまった。時の流れというのは存外恐ろしいものだ。

このまま僕はなにも成さずに大学生ではなくなってしまうのだろうか。

なんて考えるけど具体的にどうにかしようという想いはない。まぁなんとかなるだろうと心の底では諦めているのだ。

環境が人を変えるなんて言うけれど、僕に限って言えば人も環境も自分勝手に変わるだけだ。

そんなことを思ったり思わなかったりしながらゴクリと飲み込んだ酒は、やたら粗削りで、なんとも言えない後味が僕の顔をゆがませた。

「……桐島、どうよ？」

「どうなの？　桐島君」

大学構内にある桜並木の大通り――から外れた噴水がある広場の一角で僕は先輩二人から圧をかけられていた。

コミュニケーション能力が著しく低い欠陥製品の僕が成り行きで所属することになった酒飲みサークル――本当に酒を飲むだけのサークルだ――通称『酒友会』は僕こと桐島朝人と、四年生で芸人志望の三上友先輩と、三年生でとある企業の社長令嬢である杉野美晴先輩の三人しかいない。

そんな三人が集まってなにをしているかというと、まぁ、酒を飲んでいるのだ。大学の敷地内で堂々と。

当然ただ理由もなく酒を飲んでいるわけではない。ちゃんとした理由があるのだ。

僕はなにも成しえないまま二年生となった。つまり新しい一年生が大学に入ってきたのだ。サークルの会員を増やすまたとないチャンス。正直僕と三上先輩は別にメンバーを増やす必要なんてないと思っていたのだが、杉野先輩だけは違った。

お嬢様で金持ちだからという理由で飲み代をいっつも出してくれる杉野先輩がサークル勧誘をするべきだというのだから、奢られてる男子二人の意見などなんの意味もなさない。

ゆえに仕方なくサークル勧誘の活動をすることになったのだが、ここでさらに問題が浮上する。結局なにをアピールすればいいのかという話だ。ただの酒飲みサークルにいったいなにがアピールできよう。

そこでまたもや杉野先輩がアグレッシブな意見を出した。オリジナルのお酒を造って、人を集めようと言い出したのだ。

もちろん僕らに拒否権などない。普段から奢られている男子二人の意見などやっぱりなんの意味もなさない。

ということで杉野先輩の資金力で見事酒ができたのだが――これがまぁ不味い。

深みを感じない苦みとざらついた舌ざわり、あと辛い上になんか喉の奥に残る。キレもなければコクもない。プライベートブランドの料理酒を水割りで飲んでいるかのような不快さだった。

「……いや、不味いですわこれ」

真剣な表情で僕の顔を覗き込んでいた先輩二人が途端に真顔になる。仕方がない。不味いものは不味いんだ。

「ええ～？　お金かけたのに不味いの？」

真顔から一転して杉野先輩が整った顔をゆがませる。

「不味いのはこの際しょうがねぇよ。問題はこれをどう処理するかってことだろ」

どうすんだよなんて言いながら三上先輩がオリジナルのお酒を紙コップに注ぎ、口に入れる。呑み込まずにそのままブッと後ろの芝生に吐き出した。

そう、気合を入れて造ったこの酒は、それなりの大きさの一樽分はある。我慢して飲めばなんてそういうわけにはいかないのだ。美味しいお酒をふるまって、人が集まるという作戦だったが、酒が不味いのでは話にならない。前提条件が成立しない。これではたとえ人が来たとしてもサークルには入ってくれないだろう。

「まぁしょうがないな。素人の酒造りなんてこんなものだろ」

二杯目を再び芝生へ吐き出して、三上先輩が席を立った。「ちゃんとした酒買ってくる」なんて言って僕たちの許から去っていく。まぁ先輩としては元々勧誘なんてするつもりなかったのだから、こんな結果になったとしても大して気にしていないのかもしれない。

「もう、せっかく造ったのに……まぁいっか。楽しかったし」

三上先輩の後ろ姿を眺めながら、杉野先輩が自分達で造った酒を飲む。少し飲んで、すぐ真後ろの芝生へと吐き出す。なんで二人とも同じことするんだ。

「ていうか結局どうするんですか？　この不味い酒、本当に配るんですか？」

「ん？　ん～いいよ、どっちでも。任せる。私ちょっと出てくるね」

明らかになにも考えていない杉野先輩。もう一杯酒を飲んで即座に芝生へ吐き捨てて、先輩はそそくさとはなれていった。

残ったのは飲めない酒と僕。四月だというのにやたら寒いと感じるのは多分気のせいではないだろう。大体コミュニケーション能力が著しく低い僕に全部任せるっていうのもどうなんだ。三上先輩はともかく、杉野先輩は本当に新メンバーが欲しいのだろうか。

まぁどうせこんな大通りから離れた場所にあるサークルを見に来る人間なんていないだろう。少し待てば三上先輩が戻ってきて酒盛りが始まるのだから、それまで適当にやり過ごしてしまおう。

「あの、すいません」

いきなりだ。来ると思ってなかったのに、いきなり来やがった。空気読んでくれ。なんすかーなんて言いながら顔を上げると、目の前に浜咲麻衣が立っていた。

浜咲麻衣――容姿端麗で成績は普通。僕と同じ二年生。黒髪寄りの艶やかな茶髪は胸のあたりまで伸びていて、驚くほど肌が白い。女子にしては身長もそれなりにあって、なにより手足が長いのでスタイルがいい。人形のように整った顔は最低限のナチュラルメイクでも綺麗だと分かる。

うちの学生の中で一番の美人だといっても過言ではないだろう——学生の中で一番の美人のくだりは僕の主観ではなく他の人の話を聞いただけなんだけど。

無論僕のような学内でのカーストが地中にまで及んでいる人間とは一切関わり合いがない。実際彼女の声をこんな間近で聞いたのも初めてだ。

「このお酒、造ったんですか？」

浜咲麻衣が感心した様子で訊いてくる。正直このお酒は杉野先輩が張り切っていただけなので僕と三上先輩は大したことはやっていない。殆ど見てただけだ。

「ええ、まぁ……そうですね、造りました」

そんな経緯を説明したって何の意味もないので、とりあえず造りましたとだけ答える。大丈夫、嘘はついてない。

それにしてもなぜ浜咲麻衣がこの場所にいるのだろう。彼女は二年生で、たしかもう別のサークルに入っているはずだ。別に二つ以上のサークルに所属してはいけないなんて決まりはないけれど。

「……あの、お酒、貰ってもいいですか？」

「え？　あっ、ああごめんなさい……飲みます？」

「……？　はい、くれるなら」

あの浜咲麻衣が目の前にいるという状況が信じられなくて、本来の業務を失念していた。そうだ、僕は酒を配る役だった。

紙コップにオリジナルのクソまずい酒を注ぎながらふと考える。果たして浜咲麻衣にこの不味い酒を渡してもいいのだろうか。ここへきた理由は分からないけど彼女は多分この酒に対して多少の期待をしているはずなんだ。そんな状況でこのクソまずい酒を渡せばどうなってしまうのか。想像に難くない。

しかし変に渡すのを渋るのも良くない。だって飲むって言ってるし。

まぁこうなってしまったら仕方ない。幸いなことに浜咲麻衣と僕では同学年で同じ学科だが接点はないし、彼女も僕のことなんてすぐに忘れるだろう。相当突飛なことをしなければ、たとえ酒が不味かったとしてもやり過ごせるはずだ。

ちょっと少なめにお酒をそそぎ、彼女の前に出す。「ありがとうー」なんて言いながら、浜咲麻衣はなんの迷いもなくお酒を口に入れた。

「……まず」

ですよね。うえぇってなった口元を隠すため白い指で口元を覆うが眉間のシワを抑えきれてなかった。そりゃそうなる。

そうだろうなって顔をしていると、浜咲麻衣がハッとして慌てて手を下ろした。

「いや、違うんです！　そうじゃなくて！　その……そうじゃなくて」

「いいですよ別に不味いって言っても」

ついでに注いだ自分の分の酒を飲み、不味かったので真後ろの芝生へブッと酒を吐き捨てた。慌てていた様子の浜咲麻衣が「ええ……」って顔をする。

「うちの実態はただの酒飲みサークルだけど、それじゃあアレだからって理由で適当に造ったものなんで。普通に美味しくないんですよ」

「酒飲みサークル？」

「暇なときに集まって飲み会をするだけのサークル。変なコールとか決まり事とかなし。メンバーは僕を含めてたった三人。適当な会話をしながらただひたすら酒を飲むだけ」

改めて説明すると変なサークルだ。本来の目的が形骸化して酒飲みサークルとなっているのはよく聞くけど、そもそも酒を飲むことが目的になってる。まぁ昔は色々とイベントをやっていたらしいが。

「お疲れ～お酒貰ってきたよ～……あれ？」

説明を終えたところで、杉野先輩が洋酒っぽいボトルを掲げて戻ってきたが、思ってもみなかった来客に驚いているようだ。あんたが一年生勧誘したいって言ったんじゃないのか。いるのは二年生だけど。

突然の登場に浜咲麻衣の方は特に動じることなくどうもと軽く頭を下げた。

「よかったですね先輩、不味い酒飲んでくれましたよ」

「浜咲麻衣さんでしょ？　なんでここにいるの？」

僕の言葉を無視して先輩が浜咲麻衣へと近寄る。来客に驚いているのではなく、来客が浜咲麻衣だということに驚いていたらしい。無視されたのは別に気にしてない。

「え？　あの、なんで私の名前知ってるんですか？」

「えー知ってるよ。有名人だもん。めちゃくちゃ美人の一年生だって去年話題だったもん」

「いやいやいや！　そんなことないです。本当にそんなことないですから！」

浜咲麻衣がバタバタと困ったように胸の前で手を振る。自分の美貌を武器にしまくっている杉野先輩と比較するとなんだか新鮮なリアクションだ。

しかし杉野先輩が言っていたように、なぜ浜咲麻衣がここにいるのかは僕も少し気になるところだ。ただの冷やかしとかなのか。

「そんなことあるって。実際に見ると顔もちっちゃいし。ビックリした。それで？　マジでなんでここにきたの？　桐島君の友達……なわけないか。桐島君友達いないもんね」

「まぁそうですね」

僕がぼっちで友達が一人もいないことは杉野先輩も三上先輩も知っている。ていうかマジで大学生になってから先輩二人以外とはそんなに喋らない。

東京の大学ではそんなに珍しいことじゃないとは思うのだが、浜咲麻衣は信じられなかったようで「え？　友達が？　なんで？」とかぼそぼそ言って引いていた。

「ていうか僕に友達がいないのは別にどうでもいいんですよ。いなくても生きていける人間なので」

「うん、桐島君は見ての通り打たれ強いっていうか最後の1で耐え続けてるっていうか、生きる屍だからね。それよりも浜咲さんのことでしょ。なにがあってこんな辺境の地に」

杉野先輩のやや自虐的な問いに、浜咲麻衣は答えあぐねているようだった。まぁ二年生になってサークルを変えるなんて――珍しいことなのだろうか。友達がいない僕は大学生なのに大学の事情に疎いので、正直理由が分からない。頻繁に変える人だっているだろう。

困ったように笑う浜咲麻衣を見て、杉野先輩はなにかを察したのか、ニッコリと笑い、貰ってきた洋酒のボトルをドンッとテーブルに置いた。

「とりあえず飲もっか」

一年生の勧誘はどうした。

＊

場所は変わって大学から一駅離れたダイニングバー『グウェンドリン』で僕と杉野先輩と三上先輩は、浜咲麻衣を無理やり連れてきて、飲み会に興じていた。

当初は大学構内で貰ってきたお酒を飲みながら話していたのだけど、三上先輩が合流し、杉野先輩が寒いと言い始めたので場所を変えることになったのだ。

「入るところないならうち来れば？」

酒がある程度進んだところで、杉野先輩が浜咲麻衣へ唐突にそう提案した。

そう、詳しい事情は分からないけれど、浜咲麻衣は以前所属していたテニスサークルを抜けて、現在はフリーなのだ。別に無理してサークルに入る必要なんてないのだけれど、まぁここまで連れてきておいてそれだけなんて話もないだろう。

三上先輩としてはどういうスタンスでいくのだろうか。先輩は新しいサークルメンバーが入ることに対してやや否定的だった。ちらりと視線をやると、彼は梅酒ロックをカッと飲んで「……いいんじゃねーの」と答え、そこからさらに続けた。

「うちはこの通りのメンツだし、この飲み会も強制参加じゃないからな」

「でも浜咲さんが入るってなったら人が殺到するんじゃないですか？」

「募集をやめればいいだけだろ。俺も騒がしいのはそんなに好きじゃないし。杉野は別だろうけどな」

確かに、よくよく考えてみれば杉野先輩の陽キャの感じはむしろこのサークルになじまないものだろう。そもそも、僕は先輩二人がなぜここにいるのか、まだ聞いたことがない。ただ分かるのは、三上先輩が人嫌いなのと、杉野先輩が色々乱暴ってことだけ。

「そうですねー確かにワイワイガヤガヤしてるっていうのは好きですけど、いまここでなんの遠慮なしに色々と喋れるのは楽だし。他人に気を遣わないっていいよね？　それにほら、ここじゃないと桐、オモチャで遊べないから」

「杉野先輩はもう少し気を遣った方がいいとは思いますけどね」

僕の返事に対してケタケタと笑う杉野先輩。この人は出会ったときからこれだからもはや仕方ないだろう。僕も負けじと反撃することにした。

「ていうか先輩が遣ってるのは気じゃなくて人でしょ」

「あと金を使う、だな。こいつが取り巻きの学生に金渡して嫌いな教授の新車を廃車にしたって話聞いたとき、心底引いたからな。マジで。やってること殆どヤクザだぞ」

「しょうがないですよ。お金あるんだから。ていうか車の件に関しては向こうが勝手にやったんですよ。私はただ嫌がらせしてきて～って言っただけです。その前に新車買ったんだよねって話はしましたけど」

「立派に扇動してるじゃないですか。最低ですよ。人間の屑です。日本の恥です。地球の口内炎です」

「口内炎!? ちょっと～ひどくないですか三上先輩、桐島君後輩なのにめっちゃ言ってくるんですけど」

「まぁ俺もお前かスギ花粉かで言ったらお前の方が嫌いだな」

「めっちゃ生きづらい」

いつも通りのやりとりをしながらダラダラと酒を飲む。「死ね」とか「ぶっ殺すぞ」とか出てこない辺りまだマシだが、それもまぁ時間の問題だろう。

ふと、浜咲麻衣のことが気になって彼女へ視線をやった。突然始まった暴言合戦に彼女は引いていないだろうか。

「……えっと」

引いていた。ドン引きだった。サワーが入ったグラスを持ちながら「なんだこいつら」みたいな顔をして僕達を見ていた。

いやまぁ確かに少し過激だったかもしれないが、そこまで引くか。飲み会なんてだいたいどこもこんな感じだろう。他の飲み会に参加したことないけど。

浜咲麻衣がドン引きしていることに先輩達も気づいたようで、杉野先輩が取り繕うようにニッコリと笑い、「大丈夫？　お酒飲む？　一万円いる？」とかいうわけ分かんない宥め方をしていた。

「あの、いつもこんな感じなんですか？　こんな面と向かって酷いことを……」

「今日は麻衣ちゃんがいるから抑えめだね」

「えー……楽しそう」

ドン引きしていた表情から一転、浜咲麻衣がちょっとだけ羨ましそうな顔になった。

「私がいたところってそういうの全然なくて！　みんなどーでもいいつまんない話ばっかりしてて、それでその最中に悪口のメッセがとんできて！　そのメッセとばした子は悪口言ってた女子とか男子とかと喋って笑ってるんですよ！　おかしくないですか⁉　なんで笑ってんのって思いながらトイレ行ったらその子がついてきて。もうそのときは真顔なんですよ～！　めちゃくちゃ怖くて！」

僕は突然ベラベラ喋り出した君が怖いと思う。

彼女の中でなにかスイッチというかダムみたいなものがあったのか、以前いたサークルの話を始める。サークル内の人間関係でどうやら大分苦労してきたみたいだ。

今も喋っている浜咲麻衣の話に耳を傾けつつ、僕は隣にいる三上先輩へとサインを送る。

——この人急に喋り出して怖いです。

——耐えるしかない。嵐が過ぎるのを待て。

お酒が入って感情的になっている人の対処法は一つしかない。ただ耐えるだけだ。

仕方がない。やたら綺麗で人並み以上の抜群の容姿を持つ彼女でも人並みの悩みを持っているのだ。普通だったら親近感が湧くところなのかもしれないが、僕は残念ながらそこまで純粋じゃないし、他人に対して優しくない。ていうか悩みを聞いているうちにますます僕と浜咲麻衣は決定的に違う人間なのだということが理解できてしまった。

浜咲麻衣がサークルから離脱した理由は単純明快だ。たった一つのゆるぎない事実。彼女が美人すぎるからだ。

浜咲麻衣の周りには彼女の美しさのおこぼれを貰おうとする浅ましい考えの取り巻き女と自分だけは本当の友達だと思い込んでいる自称サバサバ系アホ女。そしてとにかく彼女と肉体関係を結びたいウルフかマッシュのチンパンジー達がワラワラいた。しかし浜咲麻衣は誰とも付き合うようなことはせず、告白も断り続け、飲み会自体そもそも参加することが少なかったらしい。とにもかくにも徹底してテニスを楽しんでいた浜咲麻衣だったが、まだ手に入れてない彼女をめぐって男どもは喧嘩をして、女達は彼女を守る振りをしながら彼女にフラれた男達を食い漁り、挙句の果てには自分と浜咲麻衣は付き合っていて恋人関係だと嘯く人間まで現れた。ていうかそれがテニスサークルの会長だった。

結局浜咲麻衣はそんなサークル内のゴタゴタに耐えられなくなり一年生の最後にサークルを辞めたのだ。

贅沢な悩みだと思う。

まぁ制御できない異能力みたいなものなのだろうか。恋人どころか友達もいない僕には全く共感できないけれど。

しかし同時にこの話は本当なのかという疑念もある。浜咲麻衣が脚色しているだけで、本当はもっとしょうもなかったり——今でも十分しょうもないけど——実はまったく別の理由があったりするのかもしれない。

彼女が僕や先輩達に同情してもらうためにこんな話をしているのかもしれない。もし本当にそんな計画だったとしたら、それは失敗だ。

僕にとっては浜咲麻衣がサークルを辞めた話なんて、どうでもいいことなのだから。

「——しかもですよ？　私がサークル辞めた次の日に色んなところから勧誘されて、本当にもううんざりするくらい声かけてきて、おかしくないですか？」

「ていうか急にめっちゃ喋るじゃん。どうした？」

浜咲麻衣の話に対してそんな雑な感想を投げつけたのは杉野先輩だった。さっきまでマシンガンのように放たれていた彼女の声はピタリと止まり、空気の流れも止まる。

浜咲麻衣が「あれ？」って顔をして杉野先輩に視線をやるが、先輩はニコニコしながら酒を飲んでいるだけだった。

「まぁまぁ、今日は好きなだけ飲みなさい。どうでもいい話は酒飲んで忘れるに限る！」

キープしてあるボトルを取り寄せて、浜咲麻衣のグラスへドバドバと注ぐ杉野先輩。因みに注いでるお酒は度数が結構高めのリキュールだ。多分普通のグラスにストレートで飲むとぶっ倒れる。

ていうかこの人今どうでもいい話って言ったぞ。まぁそう言われてもしょうがないかもしれないけれど、僕と三上先輩は言うのを我慢してたのに。

「どうでもいい……どうでもいい？」

リキュールがなみなみ注がれたグラスを震える手で持ちながら、浜咲麻衣がこちらへ振り向く。三上先輩は梅酒ロックの氷をガリガリと歯で削りながら、淡白な声で返事をした。

「どうでもいい。笑いどころもなかったし」

浜咲麻衣の視線が僕へと切り替わる。そんな目で見られると答えづらいのだが、とはいえ、元々彼女とは何の関係もないのでここは正直に答えることにした。

「僕は友達もいないし、誰かと付き合ったこともないから、なにが面倒なのか分からなかったよ。ていうか、友達がいるのがいけないんじゃない？」

ひねくれた僕の返事を聞いて、浜咲麻衣が目を丸くする。なんでこんなやつにこんなこと言われなきゃならないのなんて思うだろうけど、悪いのはそっちで原因を作ったのもそっちだ。恋人を作る気がないのに、友達はほしいだなんて、どっちも持ってない僕にとっては全然響かない。

「確かに！　友達がいるのが悪い！　真に作るべきは金づるだ！　金でどうにかできるから後腐れがないし！」

「このバカ女の持論はともかく友達にいい顔しようとしたのが原因なのは間違いないだろうな。もう少し気楽に生きてもいいんじゃねぇの」

客観的に見れば悪いのはどう考えても浜咲麻衣じゃないし、僕の性格がただ悪いだけなのだけれど、関係ない。僕と彼女は決定的に違う人間なのだから。

三人が三人とも想定していたリアクションとは違ったのか、浜咲麻衣はぽかんと口を開けてグラスをもったまま固まる。流石に言いすぎただろうかとちょっと心配をしていると、驚愕の表情で固まっていた彼女の顔が見る見るうちに紅潮していく。やがてゆっくりと顔を下ろし、プルプルと肩を震わせはじめ――ダンッとグラスでテーブルを叩いた。

「いいっ！　めちゃくちゃいいっ！」

　僕は思わず浜咲麻衣から視線を逸らした。なんか、わけわかんないけど興奮してる。

　先輩達も浜咲麻衣の二度目の豹変っぷりに目を丸くしていた。

「こんな蔑ろにされたの初めてっ！　すごいっ！　全然気ぃ遣われない！」

　変な女だった。浜咲麻衣は僕が思っていたよりも変な女だった。大きな目を見開いて頬を赤に近いピンク色に染め上げ、嬉しそうに自分で自分を抱きしめている。

「今までこんな適当にあしらわれたことなかったからすごい嬉しい！　なんでみんなそんなに優しいんですか⁉」

「優しくないよ」

「気持ち悪いなこいつ」

「誰この子連れてきたの」

「これこれっ！　こういうのが欲しかったの！」

　自分を抱いた状態で身もだえをする浜咲麻衣。ぐびーっと勢いよく酒を飲んでやたら幸せそうにはにかんでいる。

　普通なら彼女のこんな満面の笑みを見てしまったらすぐにでも恋に落ちそうなものだが、それまでの会話の流れを考えると到底そんな気持ちにはなれない。

美人であるがゆえに生まれてしまったモンスターといったところか。どんな顔でも悩みはあるものだ。

大学で一番の美人だといっても差し支えない、浜咲麻衣のパーソナルな部分を知り、僕は親近感を覚えるどころか、正直ますます距離が開いたような気がした。

＊

変なテンションの女が二人、マイペースに飲む男が二人。計四人での飲み会はダラダラと進み、時刻が夜の〇時を回ったところで、お開きとなった。

店を出るといつの間にか杉野先輩の迎えの車――ベンツだ――が来ていて、杉野先輩とベロベロになった三上先輩を乗せる。

僕も送ってもらえばいいのだが、他人の車の匂いが苦手なのと、酒が入っているので車酔いしやすいという性格もあるので、いつも丁重にお断りして普通に帰ることにしている。

今日もいつもと同じく一人で帰ろう――そう思ったのだが、意外なことに浜咲麻衣も電車で帰ると言い出したのだ。因みに今彼女は随分と落ち着いたテンションで、最初の『にこやかでありながらどこか涼し気な表情』をしている。

「今日はすっごく楽しかったです。今までの飲み会で一番楽しかったかも。ありがとうございました」

既に車へ乗り込んでいる杉野先輩と三上先輩へ浜咲麻衣が頭を下げる。先輩達と彼女が会話している間、僕は先に帰ることもできず、ただただ話が終わるのを待っていた。

こっちも楽しかったよとか、またすぐ呼ぶねとか、そんな会話を聞き流していると、ようやく車のドアが閉まる。エンジンの重低音がうなりをあげると同時に先輩達を乗せた車は夜の都会へと消えていった。

春の夜中の生暖かい風が僕たちの間を通り抜け、僕は居心地悪く首を掻く。

「あー……じゃあ僕こっちだから、おつかれさまです」

そそくさと距離をとる僕。浜咲麻衣と帰るつもりは毛頭ない。こんな綺麗な人の隣を歩くのなんてごめんだ。向こうだって受け入れがたいだろう。そうに違いない。

「うん、おつかれさま～じゃあね～」

ひらひらと手を振って浜咲麻衣が反対方向へと離れていく。普通の女だと思ったら案外とんでもないやつだった。そして杉野先輩は今日のことで浜咲麻衣を気に入っただろうから無理やりにでも彼女をサークルに入れるのだろう。

嫌ではないけど、賛成ってわけでもない――まぁ今から危惧しても仕方のないことだ。

相手の出方を窺うしかない。

今日はもう帰ろう。浜咲麻衣の後ろ姿を視界から追い出して僕も最寄り駅へと向かう。帰ったらいい加減に洗濯機を回さなければ。履けるパンツが――ゴンッ！

鈍くて痛そうな音が聴こえてきた。僕じゃない、後ろの方からだ。

何事かと思い振り返ると、道の端にある電柱に浜咲麻衣が頭から突っ込んでいた。

ムクリと体勢を立て直し一歩前へ。次はふらついて右の居酒屋のデカい看板にぶつかる。

「……もしかして、まだ酔ってるのか？」

なおも千鳥足で進み、ビルの外壁に寄りかかる浜咲麻衣。絵にかいたような酔い方だ。

「……めんどくさ」

関わりたくない。助ける義理なんてない。どうでもいい。僕には関係ない人間だ。このまま帰ればいい。彼女のことなら親切な人が介抱してくれるだろう。第一純粋に善意だというのに、下心あるんじゃねぇのって思われたくない。

だから僕は、浜咲麻衣を放っておくことにする。

ガツガツと足音を立てて歩きはじめる。余計なことを考えず無心で歩く。パーカーのポケットに手を突っ込んで歩き――僕は停止している浜咲麻衣へ声をかけた。

「浜咲さん、大丈夫？」

壁に寄りかかって顔を伏せている彼女へ少しだけ首を傾けて様子を窺う。つやのある髪の隙間から妖しく輝く瞳が覗き、僕は思わず目線を口元へと逸らす。しかし、それが間違いだった。逸らした視線は彼女の潤いのある柔らかな唇へ留まり、なまめかしく動くそれを凝視してしまう。そして彼女はぼそりと小さな声で「……おなかすいた」と言い放ったのだ。

「お腹空いた？」

なんで急に。なんの話だ。ベロベロに酔って気持ち悪いとかそういうことじゃないのか。困惑している僕を置き去りにするかのように浜咲麻衣がガッと僕の胸倉を掴む。なんなんだこの女、怖すぎる。

「おなかすいたの！　なんかたべる！」

ぐわんぐわんと視界が揺れる。やめてくれ。僕だって今日はそれなりに飲んでるんだ。出てきちゃうだろ。

突然の襲撃に対して抵抗できない僕を浜咲麻衣がさらに揺さぶってくる。「お腹空いた」を連呼しながら、今にも僕に噛みつきそうな勢いで顔を寄せてくるのだ。

酒の匂いと香水の匂い。二つの匂いが混ざり合ってもそれほど不快に感じないのは彼女の魅力がなせる技なのか、それとも、僕自身が恐怖と困惑で匂いに対してまともな判断ができていないのか。多分後者だ。

「おなかすいた～！」

「うん、分かった。分かったから。とりあえず早く帰ろう」

喚き散らす浜咲麻衣に肩を貸しながらのそのそ進んでいく。こんなことになるならやっぱり助けなきゃよかった。後悔の理由が思ってたのと違う。

酔っぱらいの相手をするのは当然初めてではないが、ここまでアグレッシブな人の相手をするのは初めてだ。杉野先輩はアホほど酒が強いのでそもそも酔いつぶれないし、三上先輩は酔っても静かになる方なので、今まで僕が相手にしていた人達は比較的安全だったと言えるだろう。

しかし、浜咲麻衣は別だった。

ふらつく彼女を支えながら進み、大人しくしてると思ったら「あー」とか「うー」とか唸り声をあげるし、突然ケタケタと笑うこともある。笑いながら僕の肩を叩くのだ。

その上、浜咲麻衣は目立つ容姿をしているのが悪く働いた。とっても悪く働いた。夜の都内では酔っぱらいの姿なんて大して珍しくもないので、普通なら誰も気にしないのだけれど、彼女ほどの美人がでろでろに酔っているのだ。通りがかる人たちが皆二度見する。その後に僕を見て「なんだよ」って顔をするのだ。僕だって好きで彼女を介抱しているわけじゃない。きっと僕がいなかったらあっという間に見知らぬ男に声をかけられて連れていかれてるだろう。

「それじゃあ僕が連れていかれるのを良しとしないみたいだ……」

自分で自分にツッコミを入れてしまった。でもそうだ。浜咲麻衣がどうでもいいゆきずりの男に捕（つか）まるなんて、僕にとってはどうでもいいはずなのに。

「……ピザ食べたい」

結局僕は彼女に好意を持っているのかと悩んでいると、大人しくしていた浜咲麻衣がボソッと呟（つぶや）いた。無視して進むことにする。もう少しで駅に着く。

「ピザ食べたい」

そういえば彼女に最寄り駅がどこなのか聞いてない。そんなに遠い場所じゃなければいいけど。隣の県とかだったら僕は普通に帰れなくなる。

「ねぇピザ食べたいんだけど」

待てよ、そもそも電車に乗るまで付き合う必要はあるのだろうか。改札のところまで行ってじゃあおつかれさまでいいんじゃないのか。

「ピザ！　ピザ食べたいの！」

「あーもう、うるせぇなぁ！」

最近で一番大きな声を出したかもしれない。しかしそれでも浜咲麻衣の勢いは止まることはなく、「ピ〜ザ〜」と言いながら僕の体を左右に揺らす。

もう限界だ。少なくとも僕は。

「分かった。そこまで言うならピザ食べるぞ。いいな？」

「ほんとに⁉　食べよっ！　すぐ食べよっ！」

僕からの提案に浜咲麻衣が目を輝かせる。パァッと笑顔を見せてピョンピョン跳ねる。

ご所望のピザを食べるため、僕はズンズンと前を歩き、浜咲麻衣が僕の肩に掴まりながら後ろを歩く。やがて駅が見えてきて、駅の近くの飲食店へと入った。

深夜の時間帯でも店内には結構な数の客がいるのだが、注文を受け付けるカウンターには待ちの客がいなかった。

浜咲麻衣を連れて歩き、対面にいる店員へ僕は注文をする。

「持ち帰りで、テリヤキバーガーとダブルチーズバーガーください。あとストロベリーシェイクのSサイズを」

「ピザじゃない！」

きっちり注文をしたところで、後ろにいた浜咲麻衣が声を張り上げた。馬鹿かこの女、こんな夜中にすぐピザが用意できるわけないだろう。

「え、えーっと、お会計七百五十円となります」

「ねぇピザ！　ピザが食べたいの！　耳がカリカリのやつ！　ハンバーガーじゃない！」

「そうだね、耳がカリカリのやつだね。はい、千と五十円で」

「は、はい。千と五十円お預かりいたします……三百円のお返しです」

「どうも」

「ピ～ザ～！」

叫びながらバンバン僕の腕を叩く浜咲麻衣。「大丈夫かよ」みたいな表情をこちらへ向けてくる店員に向かって僕は「すいません、酔ってるんです」とだけ返してカウンターから離れる。しかし三分もかからず注文したものが出来上がったらしく、すぐに受け取ることができた。都内のファストフードは地方と比べるとやっぱりスピードが違う。

「はいこれ、君の分」

店を出てすぐに浜咲麻衣へテリヤキバーガーを渡した。キャンキャン喚いていた彼女は不服そうな顔をしながらも渋々受け取り、モソモソと歩きながら食べ始める。

さっきまでめちゃくちゃうるさかった彼女が今無言で歩き、大人しくしている。別にピザじゃなくても良かったらしい。

駅へ着く頃には浜咲麻衣はテリヤキバーガーを食べ終えていて、ふらつくだけの彼女しかいなかった。なにか口に入れるだけでこんなにも大人しくなるのか。なんて思いながら、僕はなにも言わず改札まで歩く。口元にソースついてんぞ。

「それじゃあ僕はここで」

「定期がない」

一難去ってまた一難。バッグの中を漁る浜咲麻衣を見ながら僕は密かにため息を吐く。

「えぇ～定期がないよぉ～」

定期がないわけがないのだ。ここまで来るのに定期を使ってそれをずっと手に持ってるなんてありえない。しまう場所にもよるけど、それでも電車に乗る以外で定期は使わないのだから、なくなることはありえないのだ。

まぁそんなことを酔っぱらいに説明しても理解するわけがないので、ひとまず僕は財布から千円札を取り出し、彼女に渡した。

「早く行った方がいいよ」

浜咲麻衣へ千円札を差し出すと、彼女は受け取った後に「いいの？」とだけ聞いてくる。

「いいって。ていうか終電って何時なの？」

「えー何時だろ……確か一時五分とかじゃなかったっけ？」

おぼろげな記憶を信じてスマホで時間を確認する――時刻は一時三分。

「ふふっ」

笑っちゃった。

「早く行こう。もうすぐ終電なくなる。具体的にはあと二分」

「あと二分⁉　うそっ！」

うわぉとのけぞって驚き、浜咲麻衣が動き出す。バタバタしながら切符を買って改札を抜け、僕も急いで彼女の後ろ姿を追いかける。

まだまだ人がいる駅の中を駆け抜け、階段を駆け上がり、電車へと駆け込む。二人して車内の中央に陣取り、肩で息をしながら発車を待つ。

その後も何人かが電車に駆け込み、僕達はそそくさとドアの近くへと移動する。

二分か三分ほど経ったのだろうか。ようやくドアが閉まり、電車がゆっくりと動き出す。流れていく夜の街並みを眺めながら、僕はふと我に返った。

終電逃した。

＊

浜咲麻衣の自宅への道を彼女と一緒に歩いていると、妙な視線を感じた。

東京の夜、といってももう深夜だ。歩いているのは僕と浜咲麻衣しかいない。

だとしたら視線の正体は自ずと絞られてくる。

僕は隣を歩いている浜咲麻衣へチラリと視線をやってみた。

「……」

ありえんくらい見てる。不躾なんじゃないかってくらい見てる。見てるっていうか、狙ってる。

そう、浜咲麻衣の視線は僕ではなく先程彼女のワガママで買うハメになったハンバーガーが入った袋に向けられていた。

「これ？」

ビニール袋を軽く持ちあげると、それに合わせて彼女の視線も動く。動物じゃん。

「……よかったら食べる？」

コクコクと浜咲麻衣がうなずく。さっきも食べてたのによく食べるなこいつ。

実は自分用に買ったダブルチーズバーガーだったけど、別にもうどうでもよくなってきた。ついでに買ったものだし。

こちらを見つめてくる浜咲麻衣を、僕は直視しないようにして、残っていたダブルチーズバーガーを渡した。因みにストロベリーシェイクは電車内で飲まれたのでもうない。

「ありがとーいただきまーす」

ほわほわとご機嫌な様子で浜咲麻衣がダブルチーズバーガーを食べ始める。空腹でプンプン怒ったり、定期がなくて騒いだり、幸せそうにご飯を食べたり感情が忙しい人だ。

本当に僕とは真逆の存在なんだと思う。

傷つかないよう感受性を殺していった結果、感情がガチガチに凝り固まった僕と違って、浜咲麻衣は柔らかい。整った顔立ちが無残に崩れることなく笑ったり泣いたり、喜んだりしている。どんな表情をしていても魅力的に見えるなんていうのは正直少し羨ましい。

誰かに嫌われることにすっかり慣れてしまった僕は、もはや嫌われてもどうでもいいのだけれど、だからと言って率先して嫌われたいわけではない。僕にだって最低限の社会性は持ち合わせているのだ。

ただその最低限の社会性を維持するためのエネルギーが人よりもたくさん必要で、頻繁にもう維持しなくていいかなと思うだけなのである。

だけど彼女は、浜咲麻衣はその美貌の——性格もあるだろうけど——おかげで簡単に社会性を維持できるのだ。なんて『平等』な世の中だろう。

しかもそんな生まれながらにして強者である浜咲麻衣に振り回されているのが社会的弱者の僕なのだから、なるほど社会というのは上手に回っているようだ。

「……くん？　桐島くん？」

考えてもしょうがないことを考えながら歩いていると、不意に隣を歩く浜咲麻衣が声をかけてきた。突然話しかけられたこともそうだが僕の名字を覚えていたことが驚きだった。

「なに？　どうしました？」

「家着いたから。ここ」

ふと周りを見回すと、いつの間にか大通りから外れていて、道路を挟んだ向かい側に小規模な公園とオープンカフェがあった。そして僕達が立っている歩道側にはシンプルなデザインの五階建てマンションが聳え立っている。内装は見ていないけど、少なくとも僕が住んでいるワンルームのアパートより広いことは分かる。分かってはいたつもりだけど、こんなところでも差をつけられるとは。

「ここまで来ちゃったけど桐島くんの方は終電大丈夫なの？　まだ電車あるの？」

今更な質問だった。生活水準の圧倒的格差に面食らっている僕に対して、あまりにも今更な質問だ。マンション入り口の照明をバックに心配する彼女に対して、「ハッハッハ」と渇いた笑みをこぼし、遠い目をしてみせる。

「おかげさまで終電なんてとっくにないですよ」

諦めの意が多分に含まれた僕の嫌味に対して、浜咲麻衣は大して動じることなく、「そっかぁ〜」と言うだけだった。そりゃそうだ。

「まぁいいよ。駅の近くにネカフェあったから、そこで休む」

「あ、そうなんだ。えっと、ここまで送ってくれてありがとう。奢ってもらっちゃったし」

「いいよ別に。気にしてない」

酒飲んで酔っぱらったうえでの奇行だ。どうせ明日には忘れてるだろう。僕がここまで送ったのもきっと忘れる。気にしてないっていうのは本当だ。

おつかれさまとだけ言って、僕は浜咲麻衣から離れていく。

都会の夜を一人で歩きながら僕は浜咲麻衣と歩いた駅までの道のりを思い返す。

ああいうタイプの酔っぱらいに振り回されるのは正直めちゃくちゃ嫌だったけど、それでも、僕の心の中ではどこかで——どこかで喜んでいる自分がいた。

大学で一番の美人と適当に話しながら街を歩く。ただそれだけのことで僕はどこか舞い上がっていて、周囲の人間に対して優越感に浸っていた。ひどく屈辱的だ。

「勘違いしちゃだめだ」

夜道を歩きながら自分へ言い聞かせる。浜咲麻衣は確かに綺麗で可愛くて、魅力的な女性だ。でもだめだ。好きになっちゃいけない。僕みたいな根暗で卑屈で勉強も運動もルックスも並未満の社会的弱者なんて、向こうは相手にしない。僕からの好意なんて気持ち悪いだけだ。

中学生の時に学んだじゃないか。僕じゃダメなんだって。

「忘れろ」

浜咲麻衣との時間を思い出し、全部切って捨てる。僕には関係ないと言い聞かせ、頭を空っぽにしてひたすら足を動かした。

＊

翌日の気分は最悪だった。

始発の時間まで駅の近くにあるネカフェで過ごし、寝心地の悪いリクライニングシートでわずかに睡眠をとった。始発で家に帰るとまた寝て、数時間後に起きてシャワーを浴びて大学へ。講義が三限からじゃなかったらとっくにサボっていたくらいだ。

「……たっる」

三限の講義が始まる前、教室の真ん中からやや後ろの隅の席に座り、肘をつく。

徐々に人が増えていく中で机の上に置いたスマホが突然震えた。

なんの通知かと確認するとメッセージアプリの友達追加だった。ありえない。学校に友達なんていなくて、地元にも友達がいない僕に友達追加なんて。

一体だれが――スマホのロックを解除して、メッセージを確認すると発信者は『まい』という人物だった。いや誰だ。これは多分あれだ。出会いを装ったスパムアカウント。

『うしろ』

スパムアカウントからなんか怖いメッセージが送られてきた。いや怖すぎるんだが。目的は個人情報を抜き取ることじゃないのか。

『うしろにいる』

やめてやめてやめて。めちゃくちゃ怖い。次のメッセージ絶対『隣にいるよ』だろ。なんなんだこいつ、なんでこんなホラーなメッセージを――もしかしてスパムアカウントじゃないのか。

アカウントそのものに疑念を抱きはじめると、重要なことに気づいた。アカウントの名前が『まい』だ。時系列とかから考えて多分これは浜咲麻衣のアカウントだろう。

そうだとしたらこのメッセージの意味も理解できてくる。彼女は多分僕がいる席から離れた後ろの席でメッセージを送っているのだ。きっと杉野先輩あたりから僕のアカウントを教えてもらったのだろう。

なるほどこれならなにも怖くない。スッと自然な動きで振り向くと、予想通りというべきか、斜め後ろの席には浜咲麻衣が座っていて、僕と目が合うと少しだけ微笑んで小さく手を振ってきた。

自然に出てきたドギマギさせる動作に僕は心を殺して受け流す。舐めんなよそんなあざとい手が通じると思うな。ちょっとドキッとするぐらいだぞ。

『今日のお昼空いてる？』

次のメッセージが届き、僕は少しだけ考える。浜咲麻衣はなにを狙って僕と一緒に昼休みを過ごそうとしているのか。昨日のヘロヘロに酔っていたときの記憶なんてどうせ消えているかおぼろげだろうし、サークルのことでなにか訊きたいなら、それこそ僕ではなくて杉野先輩とかに訊いた方がいいはずだ。

『空いてます』

どんな意図なのかまだ分からないけれど、残念ながら空いているので僕としてはこう答えるしかない。ていうかそもそも大学に友達がいない僕は昼休みの予定が空いてないなんてことはないのだ。

『ほんとに？　じゃあランチ一緒にいこうよ』

『分かりました。お店はこっちで選んどいた方がいいですか？』

『ううん、こっちで選んどく。あとでお店の場所おくるね』

『どうも。できれば大学からちょっと離れた場所がいいです』

『りょーかいです』

会話がひと段落したところで、ちょうど講師が入ってきた。スマホをポケットにしまい、一応聞く姿勢をとる。

浜咲麻衣は多分僕になにか話があるのだろうけど、正直想像もつかなかった。

＊

大学から離れた店を指定したのは、噂になったり絡まれたりするのを避けるためだった。サークルで取り合いになるような美人だ。僕のような凡庸以下の人間が一緒に食事をしているところなんて見られたら平凡で平坦な大学生活は崩壊してしまうだろう。

それゆえにこの手段だ。関わっているところを見られないため、彼女へこの条件を提示したのだが、まさか――こんな店に連れてこられるとは思わなかった。

「三元豚のセットと、だし巻き卵と、寒ブリのお造りと～あとウーロン茶ください。桐島くんは？　なんかほかに頼む？」

「……えっと、僕もウーロン茶で」

かしこまりましたと恭しく頭を下げ、店員さんが席から離れる。僕はやたらコンパクトなメニュー表をとりあえず置いて、目の前にあるまだ何も入っていない鍋を眺めた。

大学から駅一つ分離れた場所にあるしゃぶしゃぶ専門店。明らかにそこら辺の店とはレベルが違う佇まいに僕は浜咲麻衣のセンスを疑った。

いやまぁ確かに条件とは一致するんだけど、だからといってここ選ぶか。明らかに大学生の財力とは釣り合わない店だぞ。ていうか昼からしゃぶしゃぶって。

着ている服とか、賃貸マンションとか、こんな高い店で慣れた感じで注文しているのを見ると、杉野先輩みたいなお嬢様なんだろうかと勘ぐってしまう。

まぁそれでも僕がわりかし平静でいられるのは、ここは彼女の奢りだからだ。杉野先輩に奢ってもらった次の日は浜咲麻衣に奢られる。見事なまでの奢られっぱなしの生活だ。悪くない。

しかし奢りだからといってバカバカと高い料理や肉を注文するほど僕は図々しくないし、そんな勇気も持ち合わせていない。三元豚のセットを選んだのは僕だけど。比較的安かったからそれにしただけ。

「今日ね、桐島くんを誘ったのはちょっと話があってね……」

ドリンクと肉がきたところで、浜咲麻衣がそう切り出した。来たなと思いながらも僕は肉を鍋の中にくぐらせる。

「昨日の、ことなんだけど……」

浜咲麻衣が食べごろになった肉を取り、特製のたれにつける。そのまま口へ運ぶことなく、申し訳なさそうな表情で僕を見てきた。

昨日の、ということは昨日の飲み会のことだろうか。それともその後のことか。

「私さ、昨日桐島くんに送ってもらったよね」

「……そうだっけ？　憶えてないかな」

なんとなくはぐらかす。しかし浜咲麻衣は僕の曖昧な言葉に怒ることも安心することもなくジッと見つめてきた。

「私は憶えてるの。全部」

「……えっと、全部っていうと」

「うん、全部。ふらついてたら桐島くんが声かけてくれて、途中で私がわがまま言って何度もたたいて、ごはん買ってもらって、電車代も出してもらって、家まで送ってもらったのに何のお礼もせずにそのまま別れたってことも……私ってどれだけ飲んで酔っても記憶なくならないんだよね」

ははははと自嘲をする浜咲麻衣。どれだけ飲んでも全部憶えてるなんて、逆に言えば酒の席でのことを忘れられないということだ。それはそれでしんどそうだけど。

「うん、全部憶えてるのは分かったけど。話っていうのはそれだけじゃないんだよね？」

アホほど柔らかい肉を飲み込んで、僕は話を続ける。昨日は迷惑をかけましたなんて話だったらこの食事でチャラだ。むしろおつりがくる。

「うん、あのね。できれば昨日のことは……誰にも言わないでほしいの」

罪悪感を帯びた表情でのお願いに、失礼ながら僕はクッと笑ってしまった。

手で口を覆って、これ以上笑ってしまわないようどうにか堪える。だって、そんなお願い、あまりにも見当違いだ。

頑張ってお願いをしたのに笑っている僕を浜咲麻衣が怪訝な表情で見てくる。「ごめんごめん」なんて言いながら、僕は口から手を外した。

「誰にも言わないでくれって、そもそも僕に言いふらすような知り合いなんていないよ」

僕の返事に浜咲麻衣はキョトンとした顔になった。僕の言ったことが完璧に理解できていないのか、肉を口に入れてしきりに首を傾げている。

コミュニティから隔絶されているということを彼女は真に理解していないのだろう。

「それに言ったとしても多分誰も信じないだろうね。あの浜咲麻衣が酒乱だったなんて。そもそもの話だけど、君と飲んだことある人は知ってるんじゃないの？」

彼女だって昨日初めて酒を飲んで酔っ払ったわけじゃないはずだ。過去の飲み会とかで——まぁ言ってしまえば醜態を晒したことがあるはず。

しかし浜咲麻衣は、僕からの質問に対して気まずそうに視線を斜め下へと移動させた。

「私……あんなに酔ったの、大学入ってから初めてなんだよね」

意外な答えだった。昨日の彼女は普段見られないテンションだったらしい。まぁ確かにちょっと気持ち悪かったし。

それにしてもあそこまで酔うのが初めてというのはなんだか珍しいような気がする。なにか理由でもあったのだろうか。

「テニサーの飲み会とかではあそこまで酔わなかったの？」

「うん、まぁ……楽しくなかったし」

じゃあ昨日はリミッターが外れるほどに楽しかったということなのか。浜咲麻衣の楽しくなかったという言葉に僕は浮かれないよう無表情を装ってウーロン茶を流し込む。

別に僕が彼女を楽しませたわけじゃない。彼女をあそこまでハイテンションにさせたのは杉野先輩だ。僕は酔った彼女に絡まれただけ。

「昨日はね、凄い楽しかったの」

鍋から掬い取った野菜を食べながら、浜咲麻衣が嬉しそうに語る。

そりゃあんだけ飲んで騒げば楽しいだろう。きゃあきゃあ騒ぎながら酒をかっくらう女二人の光景を思い出しながら、僕は彼女の言葉を無言で聞く。

「あんなになんにも考えないでただひたすらお喋りしたのも久しぶり。ほんと楽しいお酒だったなぁ」

思い出してニヤニヤと笑う浜咲麻衣。彼女にとって飲み会というのはこれまで楽しいものではなかったのだろう。

「うちのサークル、入るの？」

ほとんど答えは決まっているのだろうけど、とりあえず聞いてみる。

すると浜咲麻衣は僕とまっすぐに目を合わせ、クシャリと無邪気に微笑んだ。

「大丈夫、今度は飲みすぎないようにするから」

浜咲麻衣の返事は僕の心配を見透かしていた。

正直彼女がサークルに入るのは複雑な気分だ。三上先輩は他のメンバーを入れなければいいとは言ったけど、それでも彼女につきまとってくる男は出てくるのだろう。変な厄介ごとかにも巻き込まれそうだし、なにより僕と彼女では価値観が合わないのだ。

浜咲麻衣は眩しすぎる。あまり近くにいると自分がみじめになってくる。

だから彼女がサークルに入るのは喜べない――喜べないけれど、仕方のないことだ。

「これからよろしくね。桐島くん」

「……どうも」

あんな風に笑われたら、ただでさえ意志薄弱な僕が断れるはずがないのだから。

アルコールに漬かった記憶～その一

楽しいことなんて、ここ何年もなかった。

大学へ進学したのは家族に心配をかけたくないからだった。特に両親からは大丈夫なのかと心配されたけど、私が東京の大学に行くということを話したらひとまずホッとしてくれた、ような気がする。

私自身大学は楽しみだった。なにかやりたいことがあるわけではないけれど、それでも、新しい環境に行けば変われるんじゃないかと思ったからだ。

でも実際は違った。名ばかりのサークル活動と粘つくような人間関係。私は純粋に学生生活を謳歌したかったのだが、周囲の人たちが話すのは、誰と誰が付き合っていて、浮気して、喧嘩して、また付き合って――そういうことばかり。

そのうち私もそのゴタゴタに巻き込まれ、誰とも付き合ってなんかないのに、同じサークルの誰かを誘ったとか、一緒に歩いていたとか、食事に行ったとか、よく分からない理由で責められ、よく分からない理由で言い寄られた。

男の子が訊いてくることは全部同じ。どこに住んでるの。今一人暮らしなの。今度デートしよう。彼氏はいるの。なんであの男の話するの。寂しくないの。俺は寂しいよ。

女の子が訊いてくることも全部同じ。なんでそんな二の腕が細いの。あの人のこと本当に狙ってないの。あいつのことフッてあげて。私が慰めてあげたいから。私は味方だからね。大人しい振りして結局好きなんでしょ。合コン来てくれたらみんな喜ぶから来て。合コン来たらみんな嫌がるから来ないで。

私はみんなを気持ちよくさせるために生きてるんじゃない。

心の底からそう叫びたいのに、嫌われるのが怖くてなにも言えなくて、ただ心が削られていく日々をどうにか耐えるしかなかった。

「麻衣が悪いんだよ。俺のこと夢中にさせるから」

意味が分からなかった。ニヤけ面のその口から垂れてきたその言葉は、私の中にへばりついて膜を張ろうとする。

これ以上もう無理だ——テニサーの人たちの強い所有欲と自己顕示欲に耐えきれなくなった私は、粘性のある狂気から逃れるべくサークルを無理やり抜けて、独りになった。

幸いなことに大学という施設はたとえ独りでも問題はない。また退屈な日々が戻ってきたが、気疲れする人間関係に毎日振り回されるよりマシだ。

だけど同時に寂しくもあった。また引き戻されないように大学でできた友達ともあまり話さなくなり、女の子だけで一緒に遊びに行くということも少なくなった。

それが寂しかった。なんだかんだで私は独りでいることが苦痛としか思えなかったのだ。

だけど今更あの場所には戻りたくない。でも寂しい。そんなことを想いながら日々を過ごし、私は気付けば二年生になっていた。

そして『酒友会』の人達と出会った。あまりにも自由奔放で自堕落な三人は、突然現れた私のことなんて気にも留めず、いつも通りの飲み会を繰り広げたのだ。

過剰に気を遣われることもなければ、私越しに感情をぶつけてくることもない。私が悶々と抱えていた想いはどうでもいいの一言で一蹴される。

そんな風に素で接してもらえるのは大学に入ってから初めてだったから、ありのままの気持ちを、楽しいとか嬉しいとか伝えたら、それぞれドン引きされてしまった。

適当にあしらわれるという初めての体験に快感を覚え、私は気付けばまともに歩けなくなるくらい飲んだ。

だって、飲み続ければその分飲み会が長引くから。楽しい時間は終わってほしくないから、私はひたすら飲み続けたんだと思う。

その結果、杉野先輩と三上先輩の二人からキリシマと呼ばれていた男の子に迷惑をかけてしまった。

醜態という言葉があまりにもぴったりな暴れっぷりで、朝起きて事態を認識したとき恥ずかしくて顔から火が出るかと思った。実際出た、というより戻したのは飲んだお酒だったけど。

とにかくなるべく早く手を打たなければいけない。このままでは大学内での私の評判だったりイメージだったりが荒れに荒れてしまう。

軽い朝食を摂りながらスマホを操作して、昨日杉野先輩に招待してもらった『酒友会』のグループトーク画面を開く。

真っ暗な夜と雪山のアイコンをタップすると、彼のプロフ画面が表示された。

表示されているのは白い背景と彼の名前だけ。アイコンと同じ画像と彼の名前だけが記されている。

「桐島朝人っていうんだ……」

飲み会のとき、杉野先輩とやりとりをしながら控えめに笑っていた男の子。あまりにも当たり前のことだというのに、ちゃんと名前があることに驚いてしまった。

ひとまず連絡を取ろう。確か同じ学科だったから、会うことくらいならできるだろう。

朝食をサッと片づけて、大学へ行く準備をする。新しい服を用意して姿見の前に立つ。

鏡に映る自分を見て、私は思わず笑ってしまった。

「顔、むくんでる」

浜咲麻衣が酒飲みサークルに入ると、どこかからその情報をキャッチした者が、浜咲麻衣を狙う大勢の学生にリークしたらしい。すると、我がサークルに入会希望者が殺到した。それまでちっともいなかったというのに、大量に来たらしい。らしい、というのはあいにく僕には友達がいないので、そんな情報は入ってこないし、サークルに入らせてくれと話しかけてくる学生もいなかったからだ。希望者を追っ払うのが大変だったと先輩達は言っていたが、僕は全く知らなかった。

そんなこんなで事態が多少沈静化してきた五月頃、杉野先輩の発案で僕達は緑黄館大学から一駅分離れた場所にある公園へとやってきた。時刻は現在午後一時、まだまだお昼の時間帯で、多くの子連れのグループやカップルが利用している。

当然大学生もいる。何人かのグループでよく分からん謎のスポーツをしていたり、なんかよく分からん格好で写真撮影をしていた。

「で、今日はここで酒盛りですか？」

に訊ねる。

芝生の上でステンレス製の折り畳み式テーブルを広げながら、僕は振り返って杉野先輩

突然集合をかけてきた張本人、杉野美晴先輩は、僕からの質問にすぐ答えず、芝生に寝転がって酒を飲んでいた。

おそらくそれなりに値が張るワインだろう。瓶を逆さまにしてぐびぐびと飲み続ける杉野先輩を見て、僕はフッと鼻で笑う。

杉野先輩にまともな答えを期待する僕がバカだった。テーブルの下に置いてあるゴッいクーラーボックスから適当に酒を取り、無心で並べていく。

対面にいる三上先輩にはいつも飲んでいる梅酒の瓶とロックグラスっぽいタンブラーを置いて、チラッと斜め前に視線をやる。

「あーえっと、なんか飲みます？　大体なんでもあるみたいですけど」

「うん、どうしよっかな……じゃあビール貰ってもいい？」

視線の先にいる美女、浜咲麻衣が笑顔で答える。僕はその笑顔を直視しないためにも即座にクーラーボックスからロング缶を取り出し、「どぞ」と言って彼女の前に置く。

そして僕も同じくロング缶を取る。そうしている間にいつの間にか杉野先輩が起き上がって僕の隣にやってきた。

「うっし、じゃあ乾杯するよ」

さっきまで寝転がって酒を飲んでたというのに突然仕切り出す杉野先輩。まぁ今回の飲み会の諸々の費用は杉野先輩が出してくれたのでガチャガチャ言うつもりもないが。

先輩の音頭に合わせて僕達はそれぞれの飲み物をぶつける。こんな明るい時間帯の明るい場所で堂々と酒を飲めるなんて、本当に平和なものだ。

「うぁ〜やっぱ講義サボってアホ面で遊んでるガキ共を見ながら飲む酒はうまいねぇ」

至福の表情で杉野先輩が大きく息を吐く。後半はともかく前半は同意できる。まぁ二年生はまだ始まったばかりなのだ。一回くらいのサボりなんて大した問題ではないだろう。

いつも通り無言で杉野先輩の話を聞いている僕とは違い、浜咲麻衣は「ですよねー」なんて言って笑っている。彼女がサークルに入ってきて良かったことは杉野先輩の話相手ができたことだ。僕も三上先輩も杉野先輩の話にリアクションすることが面倒になっていたのでこれは本当に助かった。

心が落ち着いた状態でぐびぐびと酒を飲む。あっという間にビールがなくなり、僕は二本目の缶を開ける。

「桐島くん、お酒だけで大丈夫なの？」

無心で酒を飲んでいると突然浜咲麻衣が小首を傾げて聞いてきた。

視線をテーブルに向けると確かにここには酒以外のものがなかった。かるーくつまめるものもないので、ひたすら酒を飲むだけだ。

「僕は別に大丈夫だけど……なんか用意した方がよかった？」

「あ、ううん。そういうわけじゃなくて、大丈夫なのかなぁって思って」

「桐島君の肝臓は私が鍛えたからね。ガソリン飲んでも平気だよ」

「平気なわけないでしょう。ていうかそう言われるとなんかお腹にくいもん入れたくなってきたのでなんか奢ってください」

「き、桐島くん……そんな直接的な」

「えー？　いいよ」

「いいんだ」

杉野先輩が上着のポケットをまさぐり、しわがついた一万円札と小銭を何枚か取り出す。しわがついていようと扱いが雑だろうとお金はお金だ。僕は「ありしゃす」と簡潔にお礼を言って自分の財布へしまう。

「うん、なんか適当に買ってきて。美味しいものね」

「桐島、俺あれがいい、来る途中で売ってたあれ、ティラミス食べたい。苦そうなやつ」

「桐島君ティラミスだって！　お店ごと買ってきて！」

「分かりました。ちょっと行って買ってきます」

杉野先輩の言葉は無視して、ロング缶をテーブルに置く。

とりあえず公園内の通りにいくつか出店とかフードトラックとかがあったからそこでなにか適当に買えばいいだろう。

財布とスマホをパーカーのポケットにしまい、テーブルから離れる。

「桐島くん一人で行くの？　私も行くよ」

遅れて浜咲麻衣がやってきた。彼女は肩にジャケットをかけたまま歩き、僕の隣に並ぶ。

「いいよ別に、そんな。一人で十分だし」

「そんなことないって。それに私このサークル入ったばっかだから、手伝わせて」

気さくな笑顔を見せて浜咲麻衣が歩く。別にうちのサークルはそういう上下関係みたいなのはないのだが、まぁ本人がやりたいと言っているのだからいいのだろう。僕はひとまず好意的に解釈し、彼女の隣を並んで歩く。

「でもいいのかな。お酒奢ってもらった上におつまみもなんて」

公園内を歩いていると浜咲麻衣が少しだけ唇を尖らせて呟く。僕はパーカーのポケットに手を突っ込んで彼女の顔を見ずに答える。

「いいと思うよ。杉野先輩って他人に金をつぎ込んで自分の言いなりにさせることが大好きな人だし、もうそれでしか興奮できないらしいからね」

「こ、こわぁ……」

浜咲麻衣が恐怖でドン引きしているであろうことは彼女の顔を見ないでも分かった。

仕方ない。本当のことなのだ。だって自分で言ってたし。

そんな風に杉野先輩の恐ろしい生態の話をしていると、視線の先にいくつか出店を見つけた。やっぱりフードトラックも何台か停まっている。

「あそこにいくつかお店あるんじゃない？」

「とりあえず三上先輩が言ってたティラミス？　だっけ。あれを確保しよう」

言いながらも僕はそのままのペースで歩き、出店がある通りに入る。平日の昼過ぎではあったが、さすがに公園自体の利用者が多いだけあって客も多い。

行列ができるほどではなかったが、それでもいくつか待ちが発生しているくらいには盛況だ。杉野先輩の命令がなかったら絶対来なかっただろう。

買い物のチョイスは浜咲麻衣に任せ、僕はひたすら食べ物を持つ。

「その、桐島くん？　大丈夫？　何個か持とうか？」

両手に二つずつ袋を持った僕を見て、浜咲麻衣が気を遣って声をかけてくれた。しかし僕はできるだけ涼しい顔をして首を横に振った。

「いいよ別に、大した重さじゃない」

「そう？　それならいいんだけど……でも、優しいんだね。私が持とうとする前に持ってくれたし」

浜咲麻衣が隣を歩きながら僕の顔を覗いて笑う。男女問わず虜にする極上の笑顔だが、残念ながら僕には通用しない。ただ柳に風と受け流すだけだ。

「別に優しいとは思わないけど。このくらいみんなやってくれるんじゃないの」

「それは……まぁ……」

「いいよ。無理して褒めなくて」

僕のドライな返事に浜咲麻衣が苦笑する。でも本当のことだ。僕を褒めたってなにもないし、同行している女性にはなるべく荷物を持たせないというのは、幼いころから母と姉に当たり前のように教えられてきたし、実践させられてきた。

ゆえに、特別なことでもなんでもない。無論彼女へのアピールというわけでもない。

「あれ？　麻衣じゃない？　麻衣ー」

二人で無言で歩いていると、突然男性の声が聴こえてきた。

同時に僕の前を二人組の男が横切る。隣を歩く浜咲麻衣の前に出て道を塞ぐ。

チラッと彼女の方へ視線をやると、少し――ほんの少しだけ、顔が強張っているように見えた。ピタッと足を止め、突然現れた男二人組を見上げている。

「えっと、杉浦くん、矢部くん？　どうしたの？」

「いやどうしたのって、俺らサークルのメンツと遊んでてさ」

「今は休憩中なんだけどね。なんか飯食おっかって思って」

「そ、そうなんだ……」

隣にいる僕の存在をフル無視してペラペラと喋る男二人組。会話から察するに彼らは僕達と同じく緑黄館大学の学生で浜咲麻衣の知り合いなのだろう。ムラのある茶髪と白い肌に僕は嫌悪感を抑え込みながらも袋を持ったまま立ち尽くす。

「麻衣は？　一人なの？」

「ううん、私もサークルの人と来てて、これから戻るところ」

浜咲麻衣が僕を見る。ここでようやく彼らは僕の存在に気付いたようで、何の感情もない視線を僕にぶつけてくる。

だがその視線はすぐに外れ、再び浜咲麻衣へとターゲットが戻っていく。同時に顔にも感情が戻り笑顔を浮かべながら浜咲麻衣へと体全体を向けた。

「えーちょっと抜け出してさぁ、俺らと遊ぼうよ」

「そうそう、ぜったいこっちの方が楽しいって」

「いや、それはちょっと。難しいかな」

「難しくないって。イケるって」

「行こう。決まり。大丈夫、みんな優しいから」

「いや、あの」

「なにやってんのお前ら」

男二人組が強引に迫る中でさらにもう一人男が現れた。背が高いツーブロックの男性だ。

あぁ、どんどん蚊帳の外へ飛ばされていく。僕に多少の勇気と人情があれば浜咲麻衣を颯爽と連れて行くのだが、いかんせん今は両手がふさがっている。

「先輩、あれなんすよ。今女の子誘ってて」

「俺らと同じ学科の子で、超かわいいっすよ」

「お前らまたそんなくだんねぇこと……マジか。超かわいいじゃん」

駆けつけてきた先輩とやらが浜咲麻衣を見て言葉を失う。

良くない流れだ。なにが良くないって、僕じゃどうにもならないことが良くない。

「え、マジでかわいいじゃん。普通に飯行こうよ。奢るから」

「え？　いや急にそんな無理なので……」

「マジで？　いやイケると思うけどなぁ。とりあえず俺らのとこ来てよ。飲み物とか色々置いてあるから」

「いやあの、本当に、ごめんなさい。サークルの先輩待たせてるし、連れの人もいるので」

「知らない知らない。いないから、そんなやつ。いても関係ないし」

「ちょっと、そんな言い方」

「いいじゃん。てかなにサークルって、どっか入ってんの？」

「酒友会、ですけど」

「……は？」

時間が止まった気がした。

いや、止まったのは僕の時間ではなく突如現れたツーブロ先輩だ。浜咲麻衣の返事に口を開けて固まり、ピクリとも動かない。

「先輩？　どうしたんすか？」

「なんでフリーズしてんすか？」

謎の症状に二人組の男が半笑いで声をかける。しかしツーブロ先輩は浅く息を吐きながら汗を掻いているだけだ。

「桐島君、麻衣ちゃん遅いよぉ～三上先輩待ちくたびれて……あぁ？　堂島じゃん」

謎の展開に全員困惑していると、後ろから杉野先輩の声が聴こえてきた。いつまでたっても帰ってこない僕らを迎えに来たのだろうか。振り向くとそこにはやっぱり杉野先輩がいて、僕達ではなくツーブロ先輩を見ていた。

堂島と名前を呼ばれた彼はビクッとその場でオーバーに震え、一歩下がる。急にどうしたのだろう。杉野先輩となにか因縁でもあったのだろうか。

「久しぶりじゃん堂島ぁ。まだ大学残ってたんだぁ」

邪気のある笑みを浮かべ、杉野先輩が持っているワインボトルで自身の肩を叩く。

ツーブロ先輩は歯を食いしばりながら杉野先輩を睨んでいるが、その腰はひけてるし、足も震えている。さっきまでオラオラだったというのに、今はもうヘロヘロだ。

「す、杉野美晴……なんでお前がここに、こんな、平和な場所に。子供だっているんだぞ」

「別に子供がいたっていいでしょ。ていうかなんだよ堂島ぁ、私のかわいい後輩を誘うくらいなら私に声かけてくれたっていいじゃ～ん」

「う、うるさい！　絡んでくるな！　くそっ、お前のとこの後輩だったら手ぇ出せるかよ。おい、帰るぞお前ら。これ以上ここにいたらこの女になにされるか分かんねぇ！」

堂島先輩とやらは絡んできた男二人組の首に腕を回し、脱兎のごとく去っていく。

あっという間に嵐が過ぎ去り、僕と浜咲麻衣は呆気にとられる。そりゃあ杉野先輩は人畜無害な人間とは言い難いが、それにしたって一体なにをしたらあんな風にそこそこ体格のいい男性が怯えて逃げていくのか。

「あーあ、行っちゃった。久しぶりだから遊びたかったのに」

つまんなそうに言いながら、杉野先輩がワインをラッパ飲みする。

奇妙ではあったがひとまず平和が訪れたことに僕は安堵を覚えながらも、浜咲麻衣を見る。彼女もまた驚きながら安心していて、先ほどの強張った表情から解放されていた。

「ありがとうございます杉野先輩。正直、助かりました」

事態が落ち着いたところで僕は杉野先輩に頭を下げる。浜咲麻衣も続いて「ありがとうございます」とお礼を言うと、杉野先輩はワインボトルから口を離した。フッと息を吐いて肩を竦めて笑う。

「いいのいいの。三上先輩が心配してたから見に来ただけだしね。まっ、桐島君じゃちょっと荷が重かっただろうし」

「それは……そうですね。普通にそうです。情けない限りです。申し訳ない」

最後の謝罪は浜咲麻衣に対してだ。僕が頭を下げて謝ると彼女は苦笑いをしながら「そんな、いいよ」と手を振った。

「急なことだったし、仕方ないよ。うん」

適当なフォローに僕は気が沈む思いだった。ああいうとき、漫画の主人公みたいにスマートにかっこよく彼女を助けられれば、きっともっと違う展開が待っていたのだろう。

でも現実は違う。僕は臆病で非力なだけの陰気な男だ。浜咲麻衣を助ける助けないどころか、居心地の悪さに嫌気がさしていて、この場から逃げ出したいと、そんなことばかり考えていた。

＊

ひと騒動あったが、僕達は気にせず飲み続けることにした。

ひたすら酒を飲み、肴をつまみながらもまた酒を飲む。

そうして飲み続けていると段々と各々が酩酊してくる。といっても杉野先輩は酔っていてもいなくても無茶なことを要求してくるのは変わりないのだが。

「あの池の噴水って真上にいるとどうなるんだろう」

午後四時頃、杉野先輩は公園の中心にある広い池のさらに中心にある噴水を見ながらそう呟いた。

始まったなと思いながら缶のハイボールを飲んでいると、杉野先輩が僕を見る。

確実になにかを期待している目だった。爛々と輝いていて、一点の曇りもない。

「ねぇ桐島君。あの池に」

「嫌です」

「ありがとう、頑張ってね」

「……？　!?　？？？　!?」

思ってなかった返事に僕は声を出すこともできずひたすら視線を右往左往させる。

一体どうなってるんだ。言葉が通じていないのか。それとも、意味が通ってないのか。

「いやあの、今嫌って」

「大丈夫だって。多分そんな深くないから足着くだろうし。いけるよ」

「いやだから、足着くとかそういうことでは」

「桐島君、人生は失敗の積み重ねで成り立ってるんだよ。私は違うけど」

「やっぱ失敗するんじゃねぇか」

　頭をほわほわさせながらもなんとかツッコむ。くそっ、このままじゃマジで酔って池に飛び込むバカ学生になってしまう。

　まだネットニュースには載(の)りたくない。助け舟(ぶね)を出してもらおうと周りを見るが、三上先輩は空になった梅酒の瓶を抱(だ)きしめて酔眠中だ。

　そして浜咲麻衣はというと、とろんと顔をとろけさせながら、どこか遠くを見ていた。

「あーなんか、珍しい犬、いるかも」

ぼそっと浜咲麻衣が呟く。彼女の発言に違和感を抱きながらも、僕はその視線の先を追ってみる。

しかしそこには犬どころか生き物すら見当たらない。あるのは少しコンパクトなサイズのブルーシートくらいだ。

そのとき、びゅうっと風が吹き、視線の先にあるブルーシートがふわっと舞った。浜咲麻衣が持っていたタンブラーを投げてバッと飛び出す。

「待って！　いかないでぇー！」

叫びながら浜咲麻衣が駆け出した。まさかあのブルーシートを犬だと思っているのか。だとしたら相当酔ってるぞ。

いくら酒癖が悪く酔いやすい彼女でもブルーシートを犬と見間違えるわけがない。大体青い犬なんて見たことないのに――

「あおいワンちゃん！」

完全に酔っていた。おぼつかない足取りでブルーシートを追いかける美女を見ながら、僕は心を虚無にして酒を飲む。

「桐島君！　麻衣ちゃん手伝いなさい！　一人じゃ犬捕まえられないでしょ！」

「ブルーシートは犬じゃありません。心配しなくてもどっかでコケて正気に戻って終わりです」

「今ブルーシートの話はしてません！　麻衣ちゃん手伝わないと罰として池に飛び込ませるよ！　いいの⁉」

「どっちにしてもじゃねぇか」

やっぱりあれは罰だった。僕は飲んでいたハイボール缶を置いて小走りで追いかける。

酔っぱらいの対処方法は二つしかない。相手を受け入れひたすら流されるか、自分も同じくらい酔うかのどっちかだ。

結果的には同じなのだが、とりあえず今は大人しく従うことにする。ブルーシートを犬だと思って追いかけてる浜咲麻衣の後を追い、連れ戻さなければ。

「ひゃぁ〜まて〜」

ケタケタ笑いながら公園内を駆ける浜咲麻衣。あれが本当に犬だとしたらなんてほほえましい光景だろう。公園内を走る犬と美女。実際はブルーシートを追いかけてる頭のおかしい女一人なのだが。

とはいえ相手は無機物だ。次第にその場で静止して浜咲麻衣がそれを抱きしめる。

これで彼女は正気に戻るだろう。自分が追いかけていた物の正体が分かるはず。

「かわいいねぇ～ゴワゴワしてるねぇ～」

だめだった。浜咲麻衣は赤い顔でブルーシートを撫でていて、その表情は妙に満足げだ。

どうしたものかと立ち尽くしていると、再び突風が横切る。彼女の腕の中にあるブルーシートは再び舞い上がり、明後日の方向へと飛ばされてしまう。

「あぁこらっ、待ちなさ～い」

またもや追いかける浜咲麻衣。ああなったらもうブルーシートを捕まえるまで止まらないだろう――そう思っていたのだが、その行き先を見て、僕は「うわっ」と思わず口走る。風で飛ばされたブルーシートは噴水池へと入ろうとしていた。今の彼女はシートをデカい犬だと思い込んでいる状態だ。陸地と池なんて判断できるはずがない。

事実、浜咲麻衣は何のためらいもなくブルーシートを追いかけている。僕は全力で彼女を追いかける。

しかし、僕もそれなりの量の酒を飲んでるわけだし、そもそもそんなに足が速いわけではない。そう簡単に距離は縮まらない。

それでも、歯を食いしばって走り、彼女へと手を伸ばす。

浜咲麻衣の細い腕を掴もうとして――普通に間に合わず、彼女は池に落ちた。

ドボンッと小気味のいい音が鳴る。周囲にいた人達はなんだなんだと集まり、少し離れたところから杉野先輩の豪快な笑い声が聴こえてくる。

やはり池はあまり深くなかったようで、水辺にいたっては膝より下が少し浸かるくらいだ。当然浜咲麻衣はコケるように落ちたので全身びしょ濡れでその場に座り込んでいた。

濡れた髪が顔にはりつき、ブラウスもスカートも体にピッタリとくっついている。

濡れて下着が透けて――なんてことはさすがになかったが、服がピタッとはりついたことで彼女の女性的なボディラインがくっきりと浮かび上がっていた。

あまりにも艶のある濡れ姿に僕はドキドキしながらも、どうにか彼女の許へと歩み寄る。

濡れた彼女が座ったまま僕を見上げる。前髪からこぼれた雫が頰を伝い、シャープなフェイスラインから滴り落ちた。

「桐島くん……私もしかして、ブルーシート追いかけて落ちたの？」

「……いや、犬だよ。青い犬を追いかけてた」

＊

六月になった。僕の私服のローテーションがちょっと変わり、以前よりも薄着になったのだが、梅雨になったということを失念していたせいで、ちょくちょく体が冷えてお腹も

痛くなってしまった。

「今日はいいウイスキーが手に入ったの」

サークル行きつけのダイニングバー『グウェンドリン』でいつも通りの飲み会が始まった。

浜咲麻衣が適当な世間話をして杉野先輩が相づちを打つ。時々杉野先輩や三上先輩に話が移り変わり、僕は三人の話をただ聞くだけだ。別に不満はない。むしろ僕はあまり面白い話題も提供できないのでむしろ助かっているくらいだ。

「ウイスキーですか？　いいやつなんですか？」

したり顔の杉野先輩に浜咲麻衣が反応する。先輩は「まぁね」なんて言って席を立った。

カウンターにいるマスターへ声をかけ、その場でお金を払う。マスターはお金を受け取り後ろの棚においてある酒瓶を杉野先輩へと渡す。

見るからに高級そうなデザインのラベルが貼られた酒瓶を持って杉野先輩が戻ってきた。

「お待たせーのもー」

「あのこれ、アホほど高い気がするんですけど……」

「そう？　まぁまぁだよ。のもー」

目の前でパキッと雑に開けられる高級ウイスキー。隣にいる三上先輩や浜咲麻衣もウイスキーの値段なんてどうでもいいのか、「のもー」と言いながら酒を注いでもらっている。

僕はいただく前にラベルを注視して、スマホで銘柄を検索してみた。ひとつふたつと通販サイトを見て回り、ついているゼロの数に舌を出して固まってしまった。どう考えても学生が手を出せる金額じゃない。

「桐島君飲まないの？」

先輩がウイスキーをユラユラさせる。やめて、そんな扱いしないで。落ちるから。

「えっと、じゃあいただきます」

「のもー」

杉野先輩からウイスキーをもらう。琥珀色の液体は芳醇な香りを放っていて、値段を調べたあとに見るとなんだかよりいっそう高級感が増している気がした。

ロックグラスに入ったお酒を僕は少し躊躇しながらもそうっと流し込む。口の中で一気に味が広がり、ごくりと飲み込むと、喉が焼けるように熱くなった。

お酒は嫌いじゃないというか、好きな方だけど、正直味がそんなに分からない。どれも大体美味しいと思うし、細かいフレーバーとかも分からないのだが、しかしこの酒に関してはなんだか美味しい気がした。主張が強いというか、結構風味が強い気がするのだが、それも不快ではない。

「うーん、高いだけはあって美味いな」

三上先輩がグラスを見つめながら感想を呟く。美味いというわりには、先輩は二杯目にいかず、いつもの梅酒ロックに戻る。まぁ先輩は酒の味は分かるけど、好みがあるし、そんなに強くないので、このウイスキーは口に合わなかったのだろう。

「んぅ、これ美味しい。私これ結構好きです」

対面に座っている浜咲麻衣が幸せそうな顔で酒を飲む。彼女と何度か飲むようになって分かったことがあるのだが、浜咲麻衣という女性はずいぶんと酒好きだった。それも特定のお酒が好きというわけじゃなくて、あるものはなんでも飲んでしまうというタイプで今まで杉野先輩が持ってきたお酒は大体「美味しい」とか「好きー」とか言うので、今回のこれ美味しいという言葉も正直なところ、僕としてはなんの感情も抱かなかった。またいつものだと思いながら彼女と同じように酒を飲むだけだ。

「そういえばテニサーからのアプローチは落ち着いたの？」

酒が進んでいくと、また話題が切り替わり、浜咲麻衣が所属していたテニスサークルの話になった。

これまで色んな学生がサークルに入れてくれと懇願する中、彼女が元々所属していたテニサーの会長は違った。

テニサーに戻ってきてほしいと何度もアプローチをしてきて、浜咲麻衣は困ったように笑いながら毎回丁重にお断りしているらしい。

「まぁ、一応は……」

浜咲麻衣が苦笑いを浮かべながらグラスの中のウイスキーを飲み干す。

彼女の笑い方を見て、僕はついこの前の記憶をふと思い出した。

構内の廊下を歩いていると、女子に囲まれている浜咲麻衣と、男子に囲まれているテニサーの会長がいた。彼は浜咲麻衣に頭を下げて戻ってくれとお願いしていて、やたらざわついていた。そんなことしたらますます戻りづらくなるということを彼は理解していなかったのだろうか。

あれはどう見ても諦めているように見えなかった。おそらく今後も色々と絡んでくるのかもしれない。

「私もちょろっと話聞いたけどさ、あの手の男はたぶんしつこいよ。ていうかはっきり断っても逆に燃えてくるタイプかもね」

「それは、私もちょっと思いました……」

はぁとため息をつき、浜咲麻衣がグラスにお酒を注ぐ。なるほど、厄介な人間に絡まれるというのはこんなにもめんどくさいものなのかと、僕は酒を飲みながら密かに感心する。

顔面偏差値も普通以下で、コミュニケーション能力も普通以下で、人間レベルが2である僕にとってはなんだか馴染みのない話だ。まぁ彼女のことだからこういう手合いは今まで何度も相手をしてきたのだろう。僕から言えることはなにもない。

「ねぇ三上先輩、どうすればいいと思います？　このままじゃあの男ストーカーになってうちの可愛い麻衣ちゃんが被害に遭っちゃいますよ。下着とか盗まれますよ」

「なんで俺たちがそんな心配しなきゃいけないんだよ。今度近づいてきたらスタンガンでも当てればいいんじゃねぇの？」

「だめですよ、そういうのはバレないようにやらなきゃ」

「電流流すんだからどう頑張ってもバレるだろ。あーあれじゃねぇの、その男に浜咲よりも好きになれる女をあてがうとか」

「麻衣ちゃんより？」

それはつまり浜咲麻衣よりも魅力的な女性が現れるということだ。いや、まぁどこに魅力を感じるかなんて人それぞれだけど、正直それはかなり難しいんじゃないのだろうか。

僕自身が浜咲麻衣に対してどう思っているかはこの際どうでもいい。そう、主観的ではなく客観的な話だが、浜咲麻衣は美人だ。

整った顔立ちに男のプライドを打ちのめさない程度の身長と明るくて接しやすい性格。料理をするのが好きというところもポイントが高い。あくまで客観的な話だが。

そんな彼女よりも魅力的な女性。正直あんまり想像できない。まぁ僕の場合は女性との経験値どころかエンカウントが少ないのだから、あまり色々と言えないけど。

「うーん、じゃあ私がテニサーの会長にアタックしてあげようか？」

杉野先輩が酒を飲みながら提案する。たぶん止めた方がいいだろう。浜咲麻衣にフラれた上で、杉野先輩にぼろ雑巾にされる。同じ男としてさすがに気の毒だ。

「やめとけ、お前なんかにアタックされたらさすがに向こうが気の毒だ」

三上先輩が遠い目をしながら杉野先輩を止める。おそらく三上先輩も想像しているのだろう。杉野先輩からアプローチを受けて、いつの間にか都内の歩道橋のど真ん中で素っ裸で気を失っているテニサーの会長の姿を。

浜咲麻衣も同じく悲惨な目に遭ってしまうであろう彼の未来の姿を思い描き、目を伏せてうなずいた。

「えーそんなことないですよぉ。ちゃんと楽しみますから」

僕たちのリアクションを見て、杉野先輩がケラケラ笑いながら酒をあおる。どうやら相手を楽しませるつもりは毛頭ないらしい。

「でもでも、結構しつこいようだったら私に連絡してね。簡単な撃退方法知ってるから」

杉野先輩が浜咲麻衣へにっこりと笑いかける。近いうちに大学生が行方不明とかそういうニュースが流れないことを祈るばかりだ。

＊

「じゃあ私三上先輩送っていくから。じゃあねー」

解散の時間になり、僕と浜咲麻衣は迎えの車に乗る先輩二人を見送る。

走り去っていく車を眺めながら、今日は比較的平和に終わったと安堵した。明日は一限から講義があるので、さっさと帰って寝てしまおう。

「じゃあ、僕はこれで……？」

先程まで近くにいた浜咲麻衣がいない。キョロキョロとあたりを見回すといつのまにか店へと下りる階段に座っていた。

「浜咲さん？　いや……まさかねぇ」

声をかけるが返事はなし。それどころかピクリとも反応しない。じっと目を凝らすと彼女の小さな頭がカクンと傾いた。そんなバカな。さっきまで意識はっきりしてたぞ。

嫌な予感をビンビンに感じながら、浜咲麻衣のもとへと向かう。真後ろに立ってリアクションがくるのを待つ——特に反応がないので、ゆっくり彼女の顔を覗き込むと、目を瞑って船をこいでいた。

「参ったな」

ぼそりと呟くが、それで彼女が起きることはない。こうなったらどこかしら揺さぶって起こさなければいけないのだろうが、それもまた難しい。

仮に僕が浜咲麻衣ほどの女性だったら、寝ているところを揺さぶられて起こされて、目の前にはカッコよくもない変な顔の男がいる。どう考えたって怖いだろう。

しかし、ここで浜咲麻衣を放っておいて帰るというのもいささか無神経過ぎる。

さて、どうやって起こしたものか。

「……後ろからなら大丈夫か」

起きたら目の前に僕がいるという状況が怖いのなら、僕がいなければいいのだ。浜咲麻衣の後ろ側に回り、そっと肩に触れて控えめに揺らす。

一回、二回と揺らすと、浜咲麻衣がくぐもった声をあげる。僕は即座に手を離し、彼女が起きるかどうか挙動を見守った。

「ふぅっ……んぅ……どこ？」

目を覚ましたらしい。浜咲麻衣は手で顔を軽くマッサージして、髪を軽くかきあげるような仕草を見せた。しかし誰かに起こされた感じなのにすぐ傍に人がいないって、それもそれで怖くないか。まぁもう遅いけど。

「店の前だよ。先輩達は帰ったから、僕も今から帰るところ」

「……うん。わたしもかえる」

突然後ろから声をかけたというのに、浜咲麻衣は全然驚かなかった。階段の手すりに掴まってノロノロと立ち上がり、ぐぉんっと勢いよく振り向く。勢いがよすぎて倒れかける。

「かえる」

ぽてぽてと浜咲麻衣が千鳥足で歩きだす。店の前の階段にバッグを置いたまま。

「ちょっと、バッグ。バッグ忘れてますよ」

「もってぇ～」

慌てて声をかけるも酔っている彼女には通じなかった。マジかよって顔をしながらバッグを拾い上げ、とろとろ歩いている浜咲麻衣の隣へと並ぶ――と思ったら彼女が歩みを止め、僕の背中というか、背中とうなじの境目に顔をぶつけてきた。

ああだめだ、完全に酔ってる。ウイスキーを飲みすぎたのだろう。

「かえるー」

後ろから浜咲麻衣のくぐもった声が聴こえる。あんなにお酒を飲んでいたというのになぜだか酒臭さはなくて、シャンプーの香りが僕の酔いを醒ましていく。

並の男ならとっくにタガが外れている。無論僕なら問題ない。並以下だから。

後ろからの生温かい吐息など気にも留めず、僕はひたすら駅への道を進む。顔をくっつけたまま浜咲麻衣がついてくる。

「コーラかって」

そうやってしばらく歩いていると、後ろから彼女の声が聴こえてきた。前回もそうだったが、浜咲麻衣は酔うとなにかをねだるようになるのだろう。この前はピザで――あげたのはハンバーガーだったけど――今回はコーラだ。今はまだ貧乏学生である僕でも手が出せるレベルではあるが、これが回数を重ねるごとにグレードアップしていったらなんて考えるとうんざりする。いや、そもそも酔っている浜咲麻衣の相手を今後もしなければいけないということ自体が面倒ではあるのだけれど。

まぁしかしコーラくらいなら。ここで無視してもきゃんきゃん騒ぐので、僕は「はいはい」と適当に返事をして、自販機を探す。さすがに東京都内だ。もう五メートルほど歩いたところですぐに自販機を見つけ、僕はぺしぺしと肩を叩いてくる浜咲麻衣の攻撃に堪えながら、コーラを二本買った。

一本を後ろにいる浜咲麻衣へ手渡す。彼女は甲高い声で「やったー」と言いながら僕から離れ、コーラのペットボトルのキャップに手をかけた。

浜咲麻衣がくにゃくにゃとおぼつかない手でキャップを回そうとする。たかがペットボトルに悪戦苦闘する彼女の様子を僕は冷めた目で眺める。これで酔ってるときの記憶があるというのだからなんともかわいそうになってくる。

「あけて」

僕がのんきに同情していると、浜咲麻衣がペットボトルを突き出してきた。僕は無言でそれを受け取り、普通に開けて彼女へ返す。

「……なんでコーラなの？」

目を細めて嬉しそうにコーラを飲んでいる浜咲麻衣に対して、僕は先程から浮かび上がって脳内を飛び回っていた疑問をぶつけた。

すると、彼女は口の中いっぱいにコーラをためて、僕の方を見てきた。くっ、くっ、くっ、と何回かに分けてコーラを飲み込み、やがて口の中のコーラをすべて飲み込むと、ペットボトルを両手で持ちながら目尻を下げて無邪気な笑みを浮かべた。僕の酔いが醒めきっていなかったのか、彼女の後ろのネオンがぼやけて、笑顔がより鮮明に映し出される。

僕はコーラを飲もうとしたところで、その笑顔の輝きに思わず動きが止まってしまった。

中途半端にコーラが逆流し、ごほごほと咳き込む。

「なんかね、糖分があるからいいんだって」

「ごほっ、なるほどね」

咳き込みながらもなんとか返事をする。僕が求めていた説明と比べるとずいぶん足りていない気がするが、気にしないことにする。相手は酔っぱらいだ。

浜咲麻衣が半分以上コーラを飲んだところで、その場から歩きだした。まだ多少ふらついているが、もう一人で歩けるくらいには回復しているらしい。

また背中を貸すことにならずに済む——彼女の後ろを歩きながら安堵していると、すぐにイタリア料理屋の立て看板にぶつかってずっこけた。

ガタンッと大きな音がなりまばらだった通行人達が浜咲麻衣を見る。僕はため息を吐いて彼女のもとへ駆け寄った。

「大丈夫ですか？」

「いたぃ～」

うめきながら立ち上がり、浜咲麻衣が再び僕の背中に寄りかかる。バックパックを背負うように彼女の細い腕をつかみ、引きずるように歩く。扱いがどんどん雑になっているのかもしれないが、別にどうでもいい。浜咲麻衣に嫌われようと構わない。

「……あーお寿司やさん。お寿司やさんあるよ」

「そうだね」

「お寿司食べたい！　お寿司食べようよ！」

「そうくると思ったから出前とってるよ」

「いま！　いま食べたいの！」

「厳しいなぁ」

　のらりくらりと浜咲麻衣の言葉をかわしながら進む。もちろん出前なんてとっていない。まぁこの程度のことどうせ明日になったら忘れているだろう。

「……いや、そっか忘れないんだ」

　そう、浜咲麻衣は全部覚えてる。自分の体が引き摺られるように運ばれていることも。一瞬だけ運び方を変えようかと思ったが、すぐにその考えは消え去った。仕方がない。彼女が酔っているのが悪い。

　ズルズルと引き摺りながら歩き、ようやく駅に着いた。預かっていた彼女のバッグを返し、「それじゃ」と声をかける。

「……一人で大丈夫ですか？」

　おそるおそる訊ねると、浜咲麻衣は目をつぶったままコクンと頷いた。うん、なんとも不安が残るが、僕にも僕の生活がある。とりあえず帰ろう。

　浜咲麻衣に背を向けて改札を通る。僕が乗る予定の電車の到着時間を確認し、ホームへのエスカレーターへと向かう。

誰かが改札を通る音が聴こえてきて、僕はなんとなく振り返ってみる。

赤い顔をした浜咲麻衣がフラフラと歩いていた。

ホームに落っこちそうだななんて思っていると、彼女の前に二人組の男が現れた。男達はどちらも浜咲麻衣と同じく酔っているようで軽快な調子で色々と話しかけている。

僕はその光景を眺めながら、この前の公園での絡まれた出来事を思い出す。

この前のアレと同じだ。いったい僕になにができるというのだろう。あの男達は明らかにヤリモクだが、それを僕に止めることはできない。

僕には関係ない。浜咲麻衣が誰と寝ようが、どんな男と遊ぼうが僕には関係ないのだ。

杉野先輩になにか言われるかもしれないけど、どうでもいい。そもそも僕は社会不適合者だ。過度な期待をしてもらっては困る。

「……言い訳終わり」

誰にも聞こえないように呟いて、僕は浜咲麻衣の許へと向かった。

「浜咲さん、遊んでないで帰りますよ」

やたら距離が近い男二人組に気づかれないようそそくさと近づき、ボーッと話を聞いていた浜咲麻衣の肩を叩く。

突然の男登場に二人組は「はぁ？」って顔で僕をみる。浜咲麻衣はちょっと驚いているようで、僕の顔をじっと見つめながら「あーうん」とだけ返事をした。

「え？　なに？　誰お前？」

「知り合い？」

茶髪の男が僕に詰め寄り、黒髪の男は浜咲麻衣に訊ねる。

随分とご機嫌ななめだ。仕方がない。絶対イケると思っていた狩りなのに、こんなマヌケ面の男に邪魔をされたのだから。怒るのも当然だろう。

足の震えをどうにか抑えて、舌の根が渇ききる前にどうにか口の中で動かす。下腹部にグッと力を入れて茶髪の男を見据えた。

「この人彼氏いるんですよ。僕はその彼氏さんの後輩。先輩の彼女を知らない人に連れていかれると困るんで」

早口でそう言い切って浜咲麻衣の腕を掴む。「行きましょう」と声をかけて半ば強引に彼女を連れていく。傍から見れば僕の方が誘拐犯だ。

「ちょちょちょっ！　待てって」

早歩きで階段をのぼっていると、茶髪の男が僕の腕を掴んできた。さすがにさっきのでは振り切れなかったようだ。遅れて黒髪の男もやってくる。

「彼氏いるとか知らないから。なんなの？」

「大体俺達その子介抱しようとしただけだから。なに？　失礼だろ」

男二人組はイライラしていた。片方の男はもう少しで僕とキスできる距離まで近づいてきている。酒臭い。まぁ僕も大して変わらないだろうけど。

時間にして三秒ほど。体感三十秒くらいはあったが、とりあえず僕はなにか言い返すこともなく目の前の男と睨み合いながら、僕の腕を掴んでいる手を無理矢理はがした。

「もう電車がくる。また今度」

最後にげぇっとげっぷをすると、男が「うわっ！」と言ってのけぞった。その隙をついて僕は浜咲麻衣の腕を引っ張って階段をかけあがり、ちょうど到着した電車に乗り込む。

電車のドアが閉まり、視界の端に浜咲麻衣を狙っていた男二人組がホームで立ち往生している姿を捉える。やがて電車はゆっくりと動きだし、男達が視界から消えていく。

電車から見える景色が駅のホームから街の風景へと完全に切り替わったところで、僕は大きく息を吐いてドアに寄りかかった。噴き出た冷や汗をシャツが吸って嫌な寒気が背中を伝う。目の前にいた浜咲麻衣が僕の顔を覗き込み、「らいじょうぶ？」と声をかけてきた。

「……うん、大丈夫。大丈夫だって。あー疲れた」

安心した途端にガクガクと足が震え始める。両手で顔を覆い、また息を吐く。やばい、めちゃくちゃ緊張した。おしっこ漏れるかと思った。もう二度とやんない。

ズルズルと落ちていく体をどうにか引き起こして立ち上がる。つり革に掴まって揺れている浜咲麻衣を見て、僕は今更ながら自分はなにをしているのだろうかと思ってしまった。マジで別に助けなくてもよかったんじゃないのか。

「さっきみたいなのよくあるの？」

ゆらゆら揺れていた浜咲麻衣がピタリと止まる。ゆっくりとこちらを向いたと思ったら、視線を斜め下へとやった。

「んー……どうだろ、あんまり、ないかも。大体無視しちゃうし」

だろうなと思った。浜咲麻衣がサークルに入ってから一ヶ月程度だが、彼女は警戒心が強い。知らない人、特に男性に対しては基本相手にしない。まぁこの美貌だ。大学に入る前からやたらめったらナンパされてたりしたのだろう。

でも今は違う。酩酊状態の浜咲麻衣は警戒心が低い。だから、見知らぬ男に話しかけられてもそのまま立ち去ることはしないし、僕に腕を掴まれても黙ってついていくのだ。

チラリと彼女の腕を見る。ブラウスの袖から伸びた細い腕は服と同じくらい白くて、僕が掴んで引っ張った部分は見ただけじゃ分からなかった。

いや、良くないな。あんまりじろじろ見ないほうがいい。

「きもちわるい」

ふと聴こえた言葉に視線を上げると、浜咲麻衣がつり革に掴まったまま口をおさえていた。少し上気してほのかにピンク色だった顔は、今や真っ青になっている。

「なに、大丈夫？　吐きそうなの？」

浜咲麻衣へ声をかける。僕の確認に対して浜咲麻衣は青ざめた顔でこくりと頷いた。電車内の空気が少し変わった気がした。それまで全く感じなかった視線を――それもピリピリとした視線を感じるようになり、どことなく僕らの周囲の人が距離をとっているような気がした。多分、気のせいじゃないだろう。

僕は慌てて電車内の路線図と電光掲示板を見上げる。幸いなことに浜咲麻衣が降りる駅は次で、車内アナウンスがもうすぐ目的の駅へ到着することを伝えてくれた。

「もうすぐ駅着くから、それまで頑張って堪えてくれ」

僕の呼び掛けに無言でうなずく浜咲麻衣。頑張れ、いくら君が美人だとしても電車の中でゲロ吐いたらどうにもできないぞ。下手したらネットに晒される。

ようやく駅のホームが見えてくる。浜咲麻衣がドアに近づき、僕もすぐに出られるよう隣に立つ。思えば吐きそうな人を助けるのは初めてかもしれない。杉野先輩はそもそも吐かないし、三上先輩はいつのまにかひっそりと吐いているらしいから、全くの未経験だ。

なるようになるしかない——ホームのドアが開き、同じタイミングで電車を出る。ゆっくり歩く浜咲麻衣に歩調を合わせ、階段に差し掛かったところで肩を貸した。

一歩ずつ、着実にのぼり、ようやく改札前に到着。キョロキョロと首を回すと見知ったマークが視界に映り込み、少しだけ安心した。

「あっちにトイレあるから、行こう」

「きぼぢわるい」

どうやら限界が近いらしい。僕は彼女の全体的に細い体を肩にのせてトイレへと向かう。女性のマークの標識近くまで行き、肩をずらして自由に動けるようにする。

「じゃあこっからは君だけで。えーっと……頑張って？」

よく分からんエールを送ると、浜咲麻衣は足を引き摺りながらトイレへと入っていった。良かった。仮に間に合わずトイレ内で吐いたとしても、それほどひどいことにはならないだろう。ホームとか電車内で吐くよりはマシだ。

女子トイレ入り口から少し離れたところで壁に寄りかかって待つこと二分程度だろうか。視界に浜咲麻衣が映り込み、僕は背中を壁から離した。

顔を俯かせてこちらへ歩いてくる浜咲麻衣。まぁ吐いた直後で元気に振る舞うのは難しいだろう。彼女から預かったバッグを持って待つ。

「気分はどう？」

バッグを渡しながら訊ねる。しかし浜咲麻衣は答えない。無言でバッグを受け取り、さらにもう一歩僕へと近づいてくる。

「浜咲さん？」

もう一度彼女を呼ぶ。やはり返事はなく、浜咲麻衣との距離はすでに三十センチ未満となっていた。

なんだ、どうしたんだ。突然こんなにも距離を詰めてきて、意識が朦朧としているのか。

「……きりしまくん」

彼女の顔を見ようと僕が顔を傾けようとしたその時だった。

浜咲麻衣がようやく顔をあげて僕の肩を掴み、上目遣いでジッと見つめてくる。

女の子なら誰もが羨む真っ白な顔——ではなく、青い顔で僕を見つめ、「ヴッッ」と声を絞りだし、その大きな目をさらに大きく見開いたのだ。

「ヴォロロロロロロロロロッッッッ！！！」

獣の威嚇みたいな声と、僕の服にボトボト落ちてくるかつて食べ物や飲み物だったモノ。

じんわりと広がっていく臭いと汚れに、僕はとりあえず肩に置かれた手を離した。

＊

スマホのアラームで目が覚めた。

もぞもぞと体を動かし、どうにか体を伸ばしてアラームを止めて再び布団に戻る。一人暮らしを始めた頃、『スマホを布団から手が届かない場所に置けばアラームが鳴ったとき止めるために一回起きなければいけないからそれでそのまま起きられるのでは』と思ったけどそんなことはなかった。単純にアラームを止めてまた布団に戻るだけだった。

そんな僕の意思薄弱さはともかく、アラームを止めるついでに時間を確認すると、時刻は午前六時を回ったところだった。今日は一限から講義がある。どうやら昨日の僕はそれを見越してこの時間に設定したらしい。

「……だる」

体にまとわりついている倦怠感と疲労感。昨日のあの出来事もあって僕の大学へ行こうとする意欲は限りなくゼロに近かった。

頭の中で今日の講義と僕の単位、それと出席日数を確認する。うん、今日は休んでも問題ない。

スマホを枕元に置いて、僕は再び惰眠をむさぼることにした。

「そうだ、昨日の服クリーニングに出さなきゃ」

玄関に投げ捨てたゲロまみれの服を思いだし、ため息をつく。

浜咲麻衣はトイレで吐いていなかった。思うように吐けなくて戻ってきたのだ。そして、タイミングの悪いことに僕の前に来た瞬間、吐き気がピークに達してリバースしたのだ。

大変なのはそこからだった。出すものを出してスッキリした浜咲麻衣を改札口まで見送って、そのまま駅員さんからご厚意でもらったタオルで吐瀉物を流して濡れた服を覆い電車に乗った。車内の人から白い目を向けられ続けた。

そうやって地獄の時間を堪えながらどうにか最寄り駅まで着いて、そこから僕はなるべく人に出会わない道を選んで帰路についた。風が吹く度に纏わりついた悪臭が鼻を刺激して顔をしかめながら進んだ。

ゲロを吐かれた服は早くクリーニングに出した方がいいのだが、今は無理だ。眠気が勝っている。

それにしても、と思う。昨日僕が浜咲麻衣を介抱しなかったら、きっとあの男達がゲロまみれになっていたのだろう。そう思うと、マジで僕が助ける意味なんてなかったんじゃないのだろうかと思ってしまう。

「まぁ、いいや。どうでも」

結局僕は浜咲麻衣にゲロを吐かれたのだ。たらればの話をしても意味がない。

問題は僕をゲロまみれにしたことについて、浜咲麻衣がどう思っているかだ。

彼女の性格上、僕に対してなんかしらアクションを仕掛けてくるだろう。謝罪の言葉を口にするのかもしれない。一応スマホを確認するが、浜咲麻衣からのメッセージは今のところきていない。

「……めんどくせぇな」

真っ暗になったスマホの液晶を見ながらぼやく。ゲロをかけられたことに関して、正直なところなにも思っていない。そりゃぶっかけられた瞬間は「この女ふざけんなよ」くらいは思ったけど、酒の席のことだし、別に怒ってもしょうがない。

まぁ浜咲麻衣自身がどう思っているのかハッキリとは分からないので、ここは様子を見るしかないな。

薄い掛け布団を肩までかけて目を瞑る。眠気の波が僕の意識をじわじわと呑み込んでいき、やがて、僕は色々考えることをやめた。

空腹がピークに達して目が覚めた。

のそりと起き上がって枕元のスマホを手に取る。時間を確認すると午後四時になろうとしていた。

「まぁまぁ寝たな」

ねぼけまなこのままどうにか布団から出る。腹は減ってるし喉も渇ききっている。なにか口に入れなくてはと思い、壁際にある冷蔵庫を開ける。

「……なんもねぇな」

スポーツドリンクのペットボトルと卵が二個。それ以外は空っぽだ。こういうとき自炊を習慣付けていればと思う。自炊をしていれば適当につまめるものが残っているかもしれないし、なかったとしても、あるものでなにか作れるのに。卵二個でなにを作るのかという感じではあるけど。

なにか買ってくるしかない。とりあえずスポーツドリンクを流し込み、喉だけは潤す。適当に放られていたパーカーを羽織り、ポケットに財布を突っ込む。近くのスーパーへ行くだけなのだからこれで充分だろう。

靴下はくのめんどくせぇな――なんて思っていると、不意にインターホンが狭い部屋に鳴り響いた。

一人暮らしで友達もいない僕のつながりと言えば家族くらいだ。でも家族の誰かがくるのなら事前に連絡があるだろうし、通販だって最近は使っていない。

だとしたら宗教か保険の勧誘とかだろう。以前に何回か来ている。

ゲロまみれの服を突きつけたら退散するだろうか。僕はなるべく物音をたてずに立ち上がり、忍び足で玄関へと向かう。ドアスコープからドアの前にいるであろう人物を確認する。

浜咲麻衣が立っていた。

「⁉　‼　？？？　⁉　⁉」

声にならない声を出して、思わずずっこけてしまう。

ガタガタガタッと音が鳴り、完全に僕がいることがバレてしまった。

ていうかなんで浜咲麻衣が僕の部屋の前にいるんだ。誰も知らないはずだぞ。

どうする、いやまぁ僕が部屋にいることはすでにバレているのだから居留守はできない。出るしかないのだ。

さすがに寝起きの姿を見せるのはあれなので少しだけドアを開けて外を確認する。

当たり前だけど、やっぱり浜咲麻衣がそこにいた。

「……どうも」

「どう、も」

浜咲麻衣がぎこちなく頭を軽く下げる。ばつの悪そうな表情を浮かべて僕を見ている。

「あの……桐島くん、具合、大丈夫？」

綺麗(きれい)に整えられた眉(まゆ)を下げて浜咲麻衣が僕の顔を覗き込む。なるほど彼女は僕が学校を休んだ理由が体調不良によるもので、しかもそれが昨夜の自身の醜態(しゅうたい)によるものなのだと思っているのだろう。

つくづくできた人間というか、優(やさ)しい人なんだと思う。本当に、僕とは正反対の人間だ。

不安そうな顔で僕を見つめる浜咲麻衣へ視線を返し、カリカリと頭を掻(か)いた。

「とりあえず……場所変えようか」

＊

ゲロ臭い服をクリーニングに出して、僕と浜咲麻衣は駅近くの喫茶店(きっさてん)に入った。

「……」

「……」

二人でコーヒーを飲みながら僕は注文したピザトーストを待つ。浜咲麻衣はなにから話そうかと会話の糸口を探しているようだった。

あまりにも気まずい空気が流れ、僕はとりあえず飲んでいたアイスコーヒーをコースターにのせてグッと背もたれに寄りかかる。

「……今回も全部憶えてるんですか？」

多分憶えているだろうけど一応聞いてみる。アイスコーヒーを飲んでいた浜咲麻衣がピタリと動きを止め、気まずそうに上目遣いで僕を見てきた。

「憶えて、ます」

浜咲麻衣が財布から五千円札を一枚取り出し、僕の方へすっと差し出してくる。

誰もが見惚れる美女と冴えない男が同席している時点で違和感があるというのに、その美女が暗い表情で冴えない男にお金を渡そうとしている。あんまりよくない絵面だ。

店員になんだこいつと思われる前に、僕は差し出された五千円札を「いいよ、大丈夫だから」とか言って浜咲麻衣へと突き返す。

「え、でも汚しちゃったし。クリーニング代で」

「だとしたら高すぎる。マジでいいよ。そんなの気にしないでいいから」

「でも、迷惑もかけちゃったし」

「迷惑なんて思ってない……ってことはないけど。別にいいよ。見返りなんて」

無理矢理五千円札を押し返したところで、店員がピザトーストとミートパイを持ってきた。僕はピザトーストをそのまま食べて、浜咲麻衣はミートパイをナイフとフォークで切り分けていく。

「優しいわけじゃないんだ」

かじったピザトーストを皿に置いて口元のパンくずを払いながら呟く。浜咲麻衣は切り分けたミートパイを口に運びながら、僕の言葉の続きを待っているようだった。

「結局、諦めてるだけなんだよ。怒ることも嘆くことも、全部諦めてるんだ。僕みたいな社会性が低い弱者で人間レベル2の存在は他者からの不利益を被ることで生活が許されるものだと思ってるくらいだ」

「……そんなことは」

「そんなことはないって思うだろ。そんな惨めで悲しい人間なんていないって。でも僕はずっとそういう風に生きてきた。誰のせいとか誰が悪いとかって話じゃなくてさ。まぁとにかく、もとからそういう風にできてるんだよ」

おおげさな言い方をすれば、僕と浜咲麻衣は全く別の世界で生きる動物なのだ。

彼女はこれまで生きてきて他人に迷惑をかけてはいけないのだと教わったのだろう。その点に関しては僕も同じだ。さらに僕にはそこからもう一つ、誰かに教わったわけじゃないけれど教訓として頭の中を蠢いているものがある。

ないがしろにされても、諦めろ。堪えて堪えて堪えて——忘れてしまえ。それが僕のなかにある教訓だった。多分、呪いとも言うのだろう。

「まぁそういうことだから……えーっと、なんの話を……あぁ、迷惑かけたって話だ。それは本当に気にしないでいいよ。まぁさすがにまたぶっかけられるのはごめんだけど」

はっはっはと渇いた笑い声を出してピザトーストを再びかじる。一枚目を食べ終わり、二枚目に突入したところで、浜咲麻衣がナイフとフォークを置いて、また顔をあげて僕を見てきた。

「……分かった。その、服汚しちゃったことはもう言わないようにする。でも、助けてくれたことだけはお礼が言いたいの」

問題解決かと思ったが、そんなことはなかった。浜咲麻衣は真剣な眼差しでピザトーストを食べている男を見つめ、グッと身を乗り出してくる。

彼女の動きに合わせて僕が身を引くと、ハッとしてまたおずおずと体を戻す。

「その、駅で知らない男の人に話しかけられて、桐島くんが間に入ってくれたでしょ？」

「あー……あれね。助けたっていうか……んーあれは助けたって言うのかなぁ」

「言うよ、絶対言うって。助けてくれたじゃん」

ごまかしてはぐらかしてどうにかやり過ごそうとするが、浜咲麻衣は一歩も退かず、僕へ畳み掛けてくる。いや、あれは本当に助けたと言えるのか。僕だってもう少しスタイリッシュというかスマートに助けたかったんだけど。めちゃくちゃビビってたし。

「行こうって言って、私の腕を引っ張ってくれたでしょ？　あれ……嬉しかったんだよ」

浜咲麻衣のその言葉を、嬉しかったと言ったその表情を、僕は真正面から受け止めてしまい——顔が赤くなった。

身体中の熱が集まってるんじゃないのだろうかってくらい顔が熱くなって、多分耳も真っ赤になってる。

やめてくれ。ただでさえ女の子に耐性がないのに、君みたいな美人から素直にお礼を言われるなんて耐えられるわけがない。

腕を顔の前に持ってきて今さら防御姿勢をとる。というか真っ赤になった顔を見られたくない。見ないで。

「……桐島くん？　どうしたの？」

「どうもしてないから。大丈夫だから」

「ほんとに？　ねぇ大丈夫？　桐島くん？」

「なんでもないから！　上目遣いで覗き込んでくるな！　頼むから自分の攻撃力を自覚してくれ！」

ひーひー言いながらどうにか視線から逃れようと四苦八苦する。ああ、こんなことになるのならやっぱり助けなければよかった。

＊

「そういえば、気になってたことがあるんだけど」

「ん？　なに？」

食事を終えて、僕は浜咲麻衣を送るため、彼女の自宅までの道のりを歩いていた。

正直そのまま解散でもよかったのだが、「それじゃ」と言ってさっさと帰ってしまうのもあれなので、形式的に「家まで送ろうか？」と一応提案してみた。

普通に「いいよ、大丈夫」と断られると思っていた——だが、彼女は嬉しそうに笑顔を見せて「うん、お願い」と言ってきたのだ。

「なんで、僕の家知ってたの？」

「え？　あーあの、とにかく謝んなきゃって思ったんだけど、桐島くん居なかったから、学生課行って住所調べようかなぁって思ったんだけど、個人情報だから教えてくれなくて」

すげぇアクティブだ。行動力に伸び代がありすぎる。普通に連絡くれれば良かったのに。住所教えないけど。

「まぁそこはそうだろうねぇ」

「だから杉野先輩に教えてもらったの」

なにやってんだあの人。浜咲麻衣の話を聞いて、僕は歩きながら眉間にシワをよせる。ていうか、杉野先輩に教えてもらったとか言ってるけど、そもそも先輩に僕の住所を教えたことなんて一度もないんだが。

まぁ杉野先輩なら僕の住所程度なら知っているのかもしれない。怖いけどそう思う。しかし、問題はそこじゃない。いや杉野先輩も怖いけど、一番怖いのは浜咲麻衣だ。

「あのさ、あんまりこういうこと言うべきじゃないかもだけど、浜咲さんがドアの前にいたとき、めちゃくちゃ怖かったよ」

「うそっ⁉　怖かった？　え？　怖かったって」

「いや怖いよ。だって自宅を知らないはずの人がドアの向こう側にいるんだもん」

「えー……あーそっかぁ、そうだよねぇ。なんか、ごめんね。うん、そうだよね……」

過去に思い当たるフシがあったのか、浜咲麻衣がズーンと分かりやすく落ち込む。小声で「あれは堪えられない……」とぼそぼそ言っていた。どうも地雷を踏んでしまったらしい。いやまぁ、地雷を僕の前に持ってきたのは彼女なのだが。

「いや、まぁいいんだけどさ。その、あんまり他の人にはやんない方が」

「やんないやんない！　もう絶対やんないから！」

顔を赤くして浜咲麻衣が手を振る。僕みたいなヘタレ野郎が相手だったから今回は大丈夫だったけど、普通の大学生だったらそうはいかなかっただろう。僕のヘタレっぷりもたまには役に立つということだ。

「まぁ好きな人とかにならサプライズでやってみてもいいんじゃない？」

「……好きな人？　う〜ん、そういうのは別にいいかなぁ……」

さっきまで赤かった顔がもとに戻り、口元を歪めて答える。

僕の方から振っといてなんだが、浜咲麻衣はこの手の話題があまり好きじゃないらしい。付き合うとか付き合わないとか告白されたとか、特に男性に対して苦手意識を持っているような気がする。

歩きながらこっそりと視線をやると、浜咲麻衣が――彼女にしてはひどく暗い表情で、斜め下を見ながら囁いた。

「好きとか嫌いとか、今はいいの。どうせ、火傷するだけだから」

きっと美人には美人特有の悩みがあるのだろう。なんて無理矢理結論付けて、とりあえず話を打ち切った。

それから適当に会話をしながらのんびり歩き、やがて浜咲麻衣が住んでいるマンションへ辿り着いた。何度見ても僕が住んでいるアパートと比べると思わず笑ってしまうほどだ。

そんないかにもお金有り余ってますみたいな内装のエントランス――ガラス張りなので外からでも分かる――に一人の女の子が立っていた。背の高い制服姿の女の子だ。

「……んー？」

エントランスにいる女の子を見て、浜咲麻衣が首を傾げる。知り合いなのだろうか。美人の知り合いは美人というのは本当らしい。

「知り合い？」

僕が訊ねると同時に、制服姿の女の子が振り向く。僕と――ではなく浜咲麻衣と目が合ったようで、女の子がぱぁっと笑顔を見せてエントランスから出てきた。

「お姉ちゃん！」

バタバタとやたら長い脚を動かして制服姿の女の子が浜咲麻衣に抱きつく。近くで見ると女の子は随分と背が高くて、僕と浜咲麻衣よりも大きかった。

会っていきなりハグだなんて仲がいいんだな。なんて思っていると浜咲麻衣越しに女の子と目が合う。

そこにただ居ただけの存在である僕に対して、女の子は思わず笑ってしまうほどの冷たい目で僕を見下ろした。

「お姉ちゃん！」

浜咲麻衣の妹らしき人物は突然現れ、姉の体を強く抱き締めた。

「美咲！　どうしたの？　なんでこっちにいるの？」

抱き締められながら浜咲麻衣が妹へと訊ねる。その声には驚きと喜びが混じっていて、二人の笑顔に仲の良さが感じ取れる。

そして僕こと桐島朝人は、そんな美人姉妹が抱き合っている姿を死んだ目で眺めていた。二日酔いとゲロをぶっかけられたせいでとてつもない気だるさに襲われ、大学をサボタージュしていたら、僕の家に浜咲麻衣がやってきた。改めて思い返すとすごい話だ。老若男女問わず好かれない僕に女性が、それも大学一の美女が訪れるなんて。

しかもそんな彼女が僕に家まで送ってくれと言ってきたのだからさらに驚きだ。

さらにさらに、家まで送ったところで偶然浜咲麻衣の妹さんと鉢合わせするなんて。こうもイベントが立て続けに起きるとなんだか不安になってくる。

「今日テストだったの。それで、学校早く終わったから、遊びに来ちゃった」

僕がぼんやりとしながらあくびを我慢している間にも話は進んでいく。

えへへと可愛らしい笑みを浮かべ、浜咲麻衣の妹が姉と見つめあう。僕にも一応姉がいるが、あそこまで仲良くない。まぁ姉弟と姉妹じゃそれも当たり前だろう。

「そうだったんだ。それなら連絡してくれれば良かったのに」

「お姉ちゃんのこと、びっくりさせたかったんだもん」

姉妹の仲睦まじいやりとりを三歩分離れた場所で眺めていると、抱きついていた浜咲麻衣の妹が姉から離れ、僕の方へ視線を寄越してきた。

異物を見るような、言ってしまえば不躾な目付きに、僕は特にこれといったリアクションをすることなく、視線を受け止める。挨拶くらいはしといた方がいいのだろうか。

のほほんとしている僕に対して浜咲麻衣は違った。一歩分僕へと近寄り、僕と浜咲麻衣の妹との間に立つ。

「この子、美咲は私の妹なの。まだ高校生で地元の方にいるの」

浜咲麻衣からの紹介に僕は「どうも」とだけ言って軽く頭を下げる。妹さんこと浜咲美咲の方は警戒心をむんむんに出しながら軽く会釈をしてくれた。

「美咲、この人は桐島くん。えっと、大学の友達でおんなじサークルなの」

「……友達？」

妹さんが懐疑的な視線を僕にぶつける。そりゃそうだ、『美人のお姉ちゃん』の友達がこんな冴えない男であるはずがない。

このままでは浜咲麻衣の友達選びのセンスが疑われてしまう。別に助ける義理も必要もないのだけれど、ひとまずここは軽い冗談で切り込もう。

「そう、僕がこの人に毎月二万円を渡して、友達って言ってもらってるんですよ」

「二万円!? 違う違う。そういうなんか……不適切なやつじゃないからね？」

「……」

ドン引きだった。場を和ませようと思ってなんとかひねり出したジョークだったが、あまりお気に召さなかったらしい。

一発目がスベったので、次はどんなアプローチをなんて思っていると、ズイッと妹さんが一歩前に出てきた。

切れ長でクールな瞳が僕を見下ろしてくる。別に僕はそういう趣味や性癖はないけれど、それでも自分より背の高い女性にジッと見下ろされるというのは案外ドキドキするものだ。

「……えっと」

「お姉ちゃんのこと狙ってるんですか？」

そんなに見下ろしやすいですかなんて訊(き)こうとしたところで、妹さんの方から質問が飛んできた。

唐突(とうとつ)かつ突拍子(とっぴょうし)のない質問に僕は少しだけ固まり、浜咲麻衣が「ちょっと！」と声を張り上げた。

「美咲、やめなさいそんなこと訊くの」

「……なんで？　だって狙ってるから一緒(いっしょ)にいるんじゃないの？」

「違うよ、今日はただ私の用事に付き合ってもらって、送ってくれただけ」

「狙ってるじゃん。そういうの気をつけたほうがいいよ」

「そんなこと言わない。それに、桐島くんとはそういう感じじゃないんだから」

「そうだね、そういう感じじゃない」

僕が口を挟(はさ)むと、二人から視線を向けられる。浜咲麻衣は少し驚いた表情で、妹さんはまだ疑っているようだ。

「そういう感じじゃないってお姉ちゃんのこと狙ってないってことですか？」

「そりゃもう。逆に僕が貴女(あなた)のお姉さんを狙ってるとして、いけると思います？」

「無理でしょ」

「美咲！」

やめなさいなんて言いながら浜咲麻衣が妹さんを諌める。本当のことなので、僕は少しも気にしていない。本当に。

しかし、そんな僕の無機質で無頓着な感じが気に入らなかったのか、または単純に僕の顔が気に入らないのか、妹さんはさらに警戒心を強めて睨んでくる。

威嚇されてるみたいだ。ていうか威嚇されてる。めんどくさいなと思いながらも僕は一歩後ろに下がった。

「とりあえず、今日はもう帰るよ。家族の時間を邪魔するのも悪いし」

できる限り自然な笑みを浮かべ、僕は両手をあげた降参のポーズをとった。それを見た妹さんの顔がさらに険しくなったので、どうやら僕は自然に笑えてなかったらしい。

「お姉ちゃんのこと狙ってるなら諦めた方がいいですよ。今までの男の中で一番カッコよくないし、パッとしないですから。あとなんか気持ち悪いし」

「美咲！　いい加減にしないとお姉ちゃん怒るよ！　ほんとにごめんね桐島くん。あと、今日はありがとう。じゃあまた今度大学で」

ぐいぐいと妹さんをマンションへと押していく浜咲麻衣。僕は特になにもリアクションせず彼女を見送り、エントランスの自動ドアが閉じたところで踵を返す。

浜咲麻衣の妹さんは、最後まで目を離すことなく僕を睨んでいた。

マンションのエントランスに一人取り残される僕。嫌悪感というよりも敵愾心丸出しの妹さんの表情がまだ脳裏にちらついていて、思わずフッと自嘲してしまう。

「そんなの……初めから分かりきってるよ」

＊

その日の夜、浜咲麻衣からメッセージが届いていた。

今日は送ってくれてありがとうというお礼のメッセージ——だけだと思ったのだが、さらにその後彼女はこう続けてきた。

『今からちょっと電話してもいい？』

突然の申し出に僕は自宅で固まってしまう。彼女からそんなことを聞かれるなんて初めてだったからだ。

「電話か……」

布団の上に寝転がり、うーんと唸る。別にダメってことはないし、断る理由もないのだが、なぜ急に電話をと思ってしまう。

対面して話をするのと、電話とじゃ色々と感覚が違う。耳元で浜咲麻衣の声が聴こえてくるっていうのは——いや、なんかここまで考えてる僕ってめちゃくちゃ気持ち悪いな。
もっとシンプルでいいし、考える必要なんてないだろう。どうせ大した話じゃない。
僕は起き上がってスマホの画面を見下ろし、『どうぞ』とだけ返事をした。
すぐに既読の二文字がつき、『ありがとう！』のメッセージと共に電話がかかってくる。
ふぅっと軽く息を吐き、通話のアイコンをスライドしてスマホを耳元にあてた。

「……」

『……』

どちらが先に声を出すのか、互いに互いの様子を探り合う。
電話口から微かな吐息の音が聴こえてくる。思えばこういう緊張が入り混じった通話なんて初めてかもしれない。たまにかかってくる母親からの電話はその限りではないし、杉野先輩や三上先輩は言わずもがなだ。あの二人は適切な距離感という言葉を知らない。というより、知った上でなおぶち破りにくる。

『……もしもし？』

「はい、もしもし？」

全然関係ないことを思い出していると、向こうから歩み寄ってくれた。

『もしもし？　ごめんね、今大丈夫？』

「今自宅なので、大丈夫っすよ」

『良かったぁ。今日はごめんなさい。迷惑かけちゃって』

「迷惑？　えっと、あぁ。なるほど」

『本当に妹がごめんね……』

電話越しに浜咲麻衣の絞り出すような謝罪の声が聴こえてくる。

僕は先程の浜咲美咲の警戒するような鋭い眼差しを思い出し、フッと鼻で笑ってしまう。

「謝るようなことじゃないよ。妹さんはそれだけお姉さんのことが大事ってことだし」

『でもあんな言い方……あれから私の方でちゃんと言っておいたから。本当にごめんね』

「いいよ、気にしないで。あんなふうに言われるのは慣れてるし」

『……なれてる』

浜咲麻衣が僕の言葉を繰り返す。生まれたときからずっと祝福の言葉を飽きるほど浴びてきた彼女にとって、罵声や馬鹿にされることに慣れるだなんて想像もつかないだろう。

まぁ僕も決して傷つかないわけではないのだが。

『まぁでも、美咲の言うことは本当に気にしないでね。その……あの子、昔っからああいう感じで、私に近づいてくる男の子にこう……なんていうか、その、威嚇じゃないけど』

「噛みついてくる？」

『……うん。ちょっとね』

あれはちょっとって噛みつき方じゃないような気もしたが、そこはツッコまないことにする。別に僕は気にしてないし。

とはいえ、浜咲麻衣の妹が番犬としてキャンキャン吠えて、ときに主人を守るために噛みついているのだから、なるほどそう簡単には男が近寄れないわけだ。

それに自慢のお姉さんが、そこら辺に転がってるどころか踏みつけられてクタクタになったしょーもない男と一緒にいるのなんて許せないだろう。

気持ちは分からないでもない。綺麗な人には綺麗な番がいてほしい。それが家族だったらなおさらだ。

『あ、あの……桐島くん？』

「なんですか？」

『えっと……あー……おやすみ、なさい』

「……はい、おやすみなさい」

ピコンっと音が鳴って通話が終了した。

でっかい文字で『通話終了』と表示された画面を見下ろし、僕はスマホを放り投げる。

浜咲麻衣は最後僕になにを言おうとしていたのだろう。なにか意を決しようとしていたかのような、そんな沈黙と息遣いがあった。

僕みたいな浮薄な存在になにか大事な話があるとは思えないし、たとえあったとしても、僕じゃなにも応えることができない。

だって僕は浜咲麻衣とは違う世界に住んでいる人間だ。彼女の悩みなんてギリギリ理解できるくらいで、共感なんてできやしない。

今だってこうやって電話していたけど、本来ならこんな機会ありえない。僕達の関係性は『酒友会』というサークルの中だけで成り立っている。サークルの会員同士。ただそれだけだ。

それ以上でもそれ以下でもないし、それ以上を望むべきじゃない。

お酒を通じて仲良くなれたからってなんだっていうんだ。

「とりあえず……シャワーでも浴びよう」

＊

あっという間に季節が過ぎて、十月になった。

きたる緑黄館大学の学園祭『緑黄祭』に向けて学生たちは忙しなく動いている。無論僕が所属している酒飲みサークル『酒友会』も例外ではなく、なにをやるかの打ち合わせということで、大学近くにある創作居酒屋『美浦』に集まることになっていた。ちなみにこの打ち合わせは今日で三回目だ。今回こそただ酒を飲むだけの会にならないことを願うばかりである。

角を曲がって、視線をあげる。年季の入った雑居ビルの看板にはいくつかの飲食店の名前が並んでいて、『美浦』というお店は二階に店を構えているらしい。

こんなことを言うのもアレだが、杉野先輩のチョイスとしては珍しい感じだ。それとも今回は三上先輩がお店を決めたのだろうか。どっちにしても珍しいなと思いながら階段をあがり、いかにもな造りの木製のドアを見つけた。

ドアを開けて中へ入る。何人かすでに客がいて、そのほとんどが中年や年配の人たちで、僕のような大学生は少し浮いているような感じがした。まぁ僕がその場の空気に馴染むことなんて滅多にないのだけれど。

どうしたものかと固まっていると、若い女性店員が声をかけてくる。「えっと、待ち合わせで。多分もう来てると思うんですけど」なんてごにょごにょ言いながら知っている姿を探す。するとちょうど奥の座敷席の襖から浜咲麻衣が顔を出した。思わず目が合って彼女が笑いながら手を振る。僕は不器用に頭を下げた。

店員さんに事情を話し、席まで案内してもらう。襖を開けると、すでに僕以外のメンバーは来ていて酒を飲んでいた。打ち合わせはどうした。

「お疲れさまです。早くないですか？」

「えー早くないよ。時間ぴったりだって」

「時間の話じゃないです酒を入れるのがって話です」

「いや酒はほら店に来たときまず注文するものだから。それがマナーだから。ほら、桐島君もお酒注文して」

「酒狂いのマナーなんてなんの効力もないと思うんですけど。ていうか学園祭の打ち合わせじゃないんですか？」

「酒飲みながらでもできるっしょ。むしろ酒がないとできなーい！」

がっはっはと豪快に笑い、杉野先輩がジョッキに注がれた生ビールを飲み干す。なんだこいつと思いながら僕は三上先輩の隣に座り、「おつかれさまです」と改めて声をかける。三上先輩はいつも通り梅酒ロックをちびちび飲みながら「おう、おつかれ」とだけ返事をしてくれた。

先ほど案内してくれた女性の店員さんに僕と杉野先輩の分の生ビールを注文して、おしぼりをもらう。熱いおしぼりを手のひらの上で転がしていると、僕の対面に座っている浜咲麻衣がメニューから顔をあげて僕と目を合わせてきた。多分、いや絶対偶然だ。

「桐島くんは？　夏休みなにしてたの？」

浜咲麻衣が好奇心を秘めた瞳で僕に訊ねてくる。まいった。マジでなにもしてないから特に話すことがない。

「なに？　急になんの話？」

「さっきまでその話してたの。杉野先輩はモンゴルにいったんだって」

「モンゴル？」

杉野先輩へ視線をやる。僕が来る前に注文していたらしい真鯛の握りを食べながら「一ヶ月くらいだけどねー」なんて言っていた。杉野先輩はとある企業の社長令嬢で、停電のときにマジで札を燃やして明かりを作るような筋金入りの人――本人は爆笑しながらやってたが、周囲の人間は全員が全員ドン引きしていた――なので、一ヶ月間海外にいたと言われても正直そんなに驚かないのだが、なぜモンゴルなのだろう。失礼な話だが、モンゴルはあんまりバカンスって感じがしないと思うのだが。よく知らないけど。

「本当はイギリスに行く予定だったんだって」

「イギリスに？　どういうことですか？」

「んーなんか親父の仕事の手伝いをするのが嫌になって、ホテル抜け出してモンゴルに行った。それでなんか遊牧民の人達と仲良くなってそっから一ヶ月って感じだね」

聞いてもよく分かんなかった。とりあえずこの人はこの人で楽しい夏休みを過ごしたのだろうと勝手に結論づけていると、注文した生ビールがやってきた。僕の夏休みとのスケールの違いにドン引きしながらもビールを渡し、僕もジョッキを持つ。

「来年も会いに来てくれって言われちゃってさぁ。そうだ、桐島君も一緒に行かない？」

「絶対いやです」

いつものやりとりをしながらの乾杯(かんぱい)。ぐーっとビールを喉(のど)に流(なが)し込(こ)み、コースターの上に置く。

「それで？　出し物はどうすんだ？　なんか予定あるのか？」

酒を飲んだところで三上先輩が杉野先輩へ訊く。杉野先輩は待ってましたといわんばかりのどや顔で応え、ビールを飲み、ダンッとジョッキを勢いよくテーブルに叩(たた)きつけた。

「今年はですね、バーをやります！　麻衣ちゃんが！」

「……私!?」

突然のご指名に浜咲麻衣が目を丸くする。去年の緑黄祭の犠牲者(ぎせいしゃ)は僕で、今年は彼女らしい。ご愁傷(しゅうしょう)さまだ。

「え？　どういうことですか？　バーをやるって、私がやるんですか？」

目に見えて慌てる浜咲麻衣。僕と三上先輩はジョッキで口元を隠しながら互いにアイコンタクトをとった。

――無駄に絡むなよ、巻き込まれるぞ。

――分かってます。ここは成り行きを見守りましょう。

「そう、教室ひとつ借りて、バーをやります。貴女はカウンターバー『behemoth《ベヒモス》』のバーテンダーです。貴女は一癖も二癖もある客の相手をしながら彼らが望むカクテルを作らなければいけません」

ボードゲームの説明みたいな口調で杉野先輩が浜咲麻衣を追い詰める。多分最近そんな感じのゲームをやったんだろう。影響を受けやすい人なのだ。

それにしてもバーをやるのか。確かにそれならお酒と軽食の準備をするだけなので僕や三上先輩の負担は軽いだろう。ていうか場所のセッティングとかも杉野先輩の取り巻き男子達というか使いっ走りの部下がやるだろうから杉野先輩はいつも通りお金を出すだけだ。

うん、これはすごくいい案だ。さすが杉野先輩、よく頭が回る。

「待ってください待ってください。私バーテンダーなんてやったことないですよ。絶対無理ですって！」

「大丈夫、緑黄祭まであと二週間くらいでしょ？　練習すればいけるよ。それにあの浜咲麻衣が作ったお酒だよ？　多少不味くてもみんな飲んでくれるから！」

必死に逃れようとする浜咲麻衣。大丈夫大丈夫と言いながら外堀を埋めていく杉野先輩。獲物が逃げようとするのを黙って見過ごすような人ではない。牙を持たない弱い生き物である僕は助ける助けないどころか関わることすらできないのだ。浜咲麻衣には申し訳ないが、今年の生け贄は君だ。

「それにほら、バーテンダーの衣装も用意したから。適当なコスプレじゃなくてちゃんとオーダーメイドのやつね。それに学校側にもバーやりますって言っちゃったし」

はっはっはと笑いながら杉野先輩が浜咲麻衣の肩を叩く。外堀を埋めてとかそんな段階はとっくに終わっていて、もう本丸に火矢が射られていたらしい。ご愁傷さまである。

「えーほんとに私がやるんですか？　私だけ？」

言いながらチラリと浜咲麻衣が僕たちへ視線をやる。助けてくれと目が訴えていたが、それに対して僕ができるのは一つ――目を逸らすということだけだった。

「まぁなんとかなるだろ」

三上先輩がまるで他人事みたいに適当な言葉を送る。

ふえぇという顔をする浜咲麻衣を見て、僕は無言で酒を飲むことしかできなかった。

＊

「はぁ～……」

駅までの道を歩いていると、隣を歩く浜咲麻衣が大きなため息をついた。

ヒールつきパンプスに白いレースのロングスカート、白の襟つきブラウスとデニムジャケットという明るめなファッションのわりには、彼女を取り巻いている空気は暗く重い。

仕方がない。いきなりバーテンダーをやれと言われ、抵抗もできなかったのだから。

「まぁ杉野先輩はああ見えて本当に無茶なことはさせないから大丈夫だとは思うけどね」

とっさに嘘をついて浜咲麻衣を励ましてみる。彼女は形が整ったピンク色の唇を少しだけ尖らせて「そうなのかなぁ」とだけ呟いた。

真実を言うとそんなことはない。あの人は平気で無茶なことさせるしむしろできなくてオロオロしたり焦ってるところを高い場所から眺めてゲラゲラ笑う人だ。

まぁそれが浜咲麻衣にも躊躇なく適用されるのかは分からないけど。

「でも多分大丈夫だよ。上手くいかなかったとしても杉野先輩はなにも気にしないと思うよ。あの人、自分以外の人間は全員低脳だと思ってるからね。ああ言ってるだけでなにも期待してないと思う」

「ええ……なんかそれはそれですごいやだ……そんな悲しい使われ方されてるの私……」

「しょうがないよ。そういう人だし」

僕の諦観の眼差しを見て、浜咲麻衣が絶句する。彼女は多分これまでの人生でこんな乱暴かつ粗雑に扱われたことなんてなかったのだろう。だから杉野先輩の傍若無人っぷりに閉口してしまうのかもしれない。

僕とは真逆の人生だ。コツコツと歩きながら僕はもはや何度目になるか分からない浜咲麻衣との人間レベルの差を実感し、辟易する。

「そういえば桐島くんは？学祭どうするの？」

少し落ち込んでいる様子だった浜咲麻衣が、パッと顔をあげて僕に質問してきた。

要領を得ない質問に僕はパーカーのポケットに手を入れたまま眉をひそめ、首を傾げる。

「どうするのっていうのは、どういう意味で？」

「どういう意味？　いや、誰かと見て回るのかなぁって思って」

「……あぁ、僕は今バカにされてるのか」

「え⁉　してないしてない！　なんで？」

「答え、僕には学祭を一緒に回ってくれるような友達なんていないから」

「えー……あー……えっと、なんかごめんね？」

「いいよ、気にしてない」

あまりにも悲しい会話も無事終わり、僕と浜咲麻衣は再び無言で歩き出す。

駅が見えてきたところで、浜咲麻衣が「そうだっ！」と言ってまた顔をあげた。

「学祭の日ね、美咲、妹が来るんだ。桐島くんよかったらあの子のこと」

「無理っす」

言葉の途中でピシャリと切り捨てる。時々思うが浜咲麻衣は優しいとか心が広いとかそんなんじゃなくてただのバカなんじゃないかと思ってしまう。

浜咲美咲——浜咲麻衣の妹で現在高校三年生。身長百七十二センチで涼しげな顔立ちの美少女だ。あのとき、浜咲麻衣の自宅マンションのエントランスにいた、制服姿の女の子。

しかし、いくら浜咲麻衣からの頼みとはいえ、あの子の面倒を見なければいけないなんて、冗談じゃない。

今でも普通に憶えている。彼女の蔑むような視線はなんていうか少し珍しいものだった。

これまで僕を迫害してきた人々は悪意しかなかった。敵意はなかったのだ。だけど妹さんは違う、僕が弱者であるからという理由ではなく、姉である浜咲麻衣に近づこうとする男だから撃退しようとしているのだ。

スクールカースト最下位である僕としては他人から虐げられることなんて慣れているの

だが、あそこまで明確に敵意を持ってキャンキャンと吠えられると、それはそれで苦手意識が芽生えてしまう。

まぁ正直彼女の気持ちも分からないわけではない。だからといってあんなにもあからさまに敵対行動をとられると面倒でもある。

故に学祭のときに浜咲麻衣の妹の面倒を見なければいけないなんて、そんなことできないし、やりたくない。大体、向こうだって嫌だろう。僕のこと気持ち悪いって言ってたし。

「別に僕が嫌って話じゃなくてさ、君の妹さんが嫌だって話だと思うよ。もっと言うと僕に会うのも嫌だと思うけどね……まぁ、僕もちょっと嫌だけど」

「うーん、そうかなぁ。でもでも、夏休みで実家に帰ったときあの子から桐島くんのこと聞かれたよ」

「僕のことを？」

「うん、なんか結構ひどいこと言ってたからちゃんと教えてあげたの。桐島くんはすごくいい人で、お酒の席でも何度かお世話になって、送ってくれたことも何度もあるって」

「あー……あんまり掩護射撃になってないんじゃないかなぁ」

浜咲麻衣の話を聞いて、妹さんの顔が歪むのが目に浮かぶ。やっぱり彼女は優しいというかちょっとバカだ。

「あの子も誤解してるだけだよ。ね？」

「だといいんだけどね」

首筋をぽりぽり掻きながら呟く。いつの間にか駅についていたので、浜咲麻衣とはそこで別れ、互いに別々の電車に乗った。

＊

翌日、映画館での深夜までのバイトを終え、さあ帰ろうと思ったところで、杉野先輩から呼び出しがかかった。深夜〇時だ。

普通なら今日はもう遅いんでと断るのだが、杉野先輩からの呼び出しだ。奢ってもらってる借りもあるし、意思薄弱な後輩である僕に断るという選択はない。地図アプリで指定された場所を確認し、バイトでそこそこ疲れた体を酷使して目的地へと向かった。

「えっと、『Canaan』っていうのか？　ここで……ここであってるよな」

雑居ビルと不動産の間に挟まれた、こぢんまりとした店。シックでシンプルな外観で、ドアのすぐ横には金色のネオンサインで店名が描かれている。

もう一度地図アプリで場所を確認し、確信する。どうやらここで間違いない。

グッと重めのドアを開けて中に入ると、奥にまたガラス製のドアが現れる。それもまた開けると、小気味のいい音楽、多分ジャズが聴こえてきた。

なんかテレビで見るようなバーだ。いや、テレビで見るようなバーっていうのはそもそもモデルがあるのだからこの表現もなんだかちぐはぐな気もするが、とにかく、ここは僕がイメージするバーそのものみたいな店だった。

少し緊張しながら階段を下りる——店内に階段があって、入ってすぐ下りるというのもなんだかバーっぽい。店内は縦長の台形みたいな形をしていて、末広がりになっている方には一段高いステージと真っ赤な艶のあるグランドピアノが置いてある。オシャレすぎる。

階段を下りたところで、カウンター席にいた杉野先輩が声をかけてきた。

「桐島君、こっちこっち」

カウンターの奥には浜咲麻衣にそっくりな美人のバーテンダーがいて——浜咲麻衣だ。

店内には杉野先輩とバーテンダーに扮する浜咲麻衣の二人しかいない。不思議に思いながらも、僕は杉野先輩から一つ分席を空けた隣に座る。彼女からすぐに冷たいおしぼりを渡され、僕は「どうも」とだけ返した。

ショルダーバッグを足元に置いて、チラリと浜咲麻衣の方を見る。

今日の彼女は普段のオシャレな私服ではなく、バーの制服姿だった。ゲームや漫画で見るような、黒のタイトスカートと黒のベスト、ブラウスに赤い蝶ネクタイをしている。正統派なスタイルというやつなのだろうか。長くて綺麗な黒髪寄りの茶髪は今日だけポニーテールにしていた。

美人でおまけにスタイルもいい彼女はどんな格好でも似合ってしまう。まぁ本当にこんなバーテンダーがいたらあっという間に話題になるだろうけど。

それにしても似合っている。おそらく杉野先輩が言っていたオーダーメイドで作った浜咲麻衣専用の衣装なのだろう。

「この人はいつからバーテンダーのアルバイトを？」

「今日から入ってもらったの。ひいきにしてあげてね。ほら、はやくシャンパンとか入れてあげて。ドンペリとか」

「バーテンダーってそういうのじゃないと思いますよ」

杉野先輩の間違った認識にツッコミを入れながら受け取ったおしぼりで手を拭く。浜咲麻衣は困ったように笑っていた。

「それで、僕はなんで」

「よし、じゃあ私帰るから。あとよろしくね」

結局僕はなんの用で呼び出されたのか問い質そうとしたところで、杉野先輩が席を立つ。

引き留めるまもなく「お金はもう払ってるからー」なんて言いながら階段を上がっていく。

僕は先輩を引き留めようとして伸ばした手をそのまま力が抜けたように下ろし、もう一方の手で首筋を掻いた。

「つまり、僕は見事罠にかかったってことなんですかね？」

わずかに首を回して浜咲麻衣からのリアクションを求める。彼女は曖昧な笑みを浮かべ、僕の前に乾き物の盛り合わせを差し出した。

「お酒作りの毒味役。桐島くんなら失敗しても罪悪感が湧かないでしょって杉野先輩が」

「まぁそれはそうだね。確かに、杉野先輩の言う通りだ」

「そんなことないよ～桐島くんが相手でも変なもの作れないって」

「別にいいよ気にしないで。酔っぱらった人の相手をするよりマシだ」

浜咲麻衣のグラスを拭く手がピタッと止まる。僕はとりあえずメニューを手にとって、パラパラとページをめくってみた。

実際僕に役割が回ってくるのは自然なことだ。杉野先輩はあんなんでも酒の味にうるさい人なので、素人がつくるカクテルなんて飲みたくないだろうし、三上先輩はアルコールの耐性がそんなに高くないのでそもそも毒味役には向かない。なにより杉野先輩は三上先輩を呼び出すことができない。

そうなると残りは僕だけだ。アルコールの耐性はある程度あるし、いい具合に使い勝手がいいのだから、そりゃ僕を使うだろう。

これも社会的弱者の立ち回りだ。人の面倒事を押し付けられるのが僕の人生における存在理由なのである。

「とりあえずなんか簡単なものから……えっと、ジントニックとか？」

メニューを見ながら浜咲麻衣へと提案する。彼女は「ジントニックかー」なんて言いながらカウンターの引き出しからファイルを取りだし、ペラペラとページをめくる。おそらく作り方を確認しているのだろう。

とはいえ、ジントニックなんて作り方を確認するまでもないほどの簡単なカクテルだ。ドライ・ジンをトニックウォーターで割るだけ。僕だって作れる。

「じゃあジントニック作りまーす」

浜咲麻衣が二本の瓶を取り出す。ジンとトニックウォーターだ。グラスに大きいサイズの氷を入れ、ステンレス製のメジャーカップにジンを注ぐ。そこからグラスへと注ぎ、次にトニックウォーターをグラスの縁の近くまで注ぐ。最後にライムを搾ってグラスに入れて、専用のスプーンで軽くかき混ぜて出来上がり。

「どうぞ、ジントニックです」

そっと僕の前にジントニックのグラスが置かれる。うん、見た目は普通にお酒で、普通にカクテルだ。

「なんか、初めてとは思えないくらい手慣れてる気がするんだけど」

「そう？　実はさっきここのマスターにちょっと教えてもらったんだ」

照れ臭そうに白い歯をちょっとだけ見せて笑う浜咲麻衣。ふと気づいたが、美女と一対一でしかも酒を作ってもらっているこの状況、めちゃくちゃすごいんじゃないか。

この後絶対なにか良くないことが起きるに違いない。妙なところで幸運を発揮する自身の運命を呪いながら、浜咲麻衣が作ってくれたジントニックのグラスを手に取る。

水滴が指に伝うのを感じながら喉へと流し込む。

蒸留酒独特の苦みとほのかな甘みが喉を通る。ライムの酸味が爽やかな後味となり、全体的にスッキリした味わいは僕が知っているジントニックそのものだった。

「……どう？」

浜咲麻衣が少し不安そうな表情で僕を見てくる。僕はグラスをコースターに戻し、フッと短く笑った。

「いや、うん普通に美味いよ。ちゃんとできてる」

「ほんと？　良かった。次は？　なに飲む？」

僕の美味いという感想が自信に繋がったのか、浜咲麻衣が少しご機嫌な様子でペラペラとページをめくる。そんな彼女を見て、僕も同じく再びメニューへ視線を落とす。

さっきのジントニックはさすがに簡単過ぎたので、次はもう少し難しいのがいいのかもしれない。いくつか候補を絞っていくなかでとあるカクテルを見つけた。

「えっと、じゃあこのギムレットは？」

メニューを指しながら顔をあげる。浜咲麻衣は持っていたファイルのページを戻し、少しだけ考えた後、ファイルを開いたまま近くに立て掛けて「いいよ」とだけ答えた。

新人バーテンダー浜咲麻衣によるギムレット作り開始。ドライジンとライムジュースにシロップを少し。シェーカーにドライジン、ライムジュースを入れ、シロップを数滴入れる。専用のスプーンで少し混ぜて味見、ゆっくりと首をかしげる新人バーテンダー。もう少しシロップを入れて、さらにそこへ氷を入れていく。

材料の調整が済んだら、後はシェイクするだけだ。浜咲麻衣がシェーカーを両手で持ってなんかそれっぽく振り始める。

シェーカーを振る度に彼女のポニーテールが微かに揺れる。目を伏せながら小さな顔の前で容器を振っているその姿はまさしく美人バーテンダーといった感じで、この姿を見せるだけでも金が取れそうだななんて思った。

うーん、それにしても様になってる。今日初めてとは思えないほどだ。僕だったら絶対すっぽ抜けるかビビってシェイクが甘くなるかのどっちかだ。

回数にして二十回くらいだろうか。最後にゆっくり二回振ってあらかじめ用意していたカクテルグラスに完成した酒を注ぐ。

「ギムレットです」

僕の目の前に白く濁ったお酒が出てくる。手にとって匂いを嗅ぐと爽やかな香りがした。匂いを嗅いでばっかでもしょうがないので、ひとまず飲んでみる――少々甘すぎるんじゃないかと思うが、それでもちゃんとギムレットだ。少なくとも初めて作る分には上出来と言えるだろう。

「……どう?」

「うん、まぁ、美味しいです。なんていうか、美味しいです」

おんなじことを二回言って、僕はギムレットを飲み干す。

その後も浜咲麻衣はいくつかカクテルを作ってくれた。そのどれもが初めてつくるものとは思えないほどの出来で、飲む度に僕は「うーん、これは」というリアクションをしようとするのだが、その準備は徒労に終わってしまった。

ここまで上手くいくと正直面白くない。もっとカクテル作りは難航するものだと思っていたのだが、どうやら浜咲麻衣という人間のスペックを甘く見ていたようだ。

美人で性格もよくてなんでもできるなんて、そんなの反則じゃないか。今さらながら彼女の完全っぷりを見せつけられ、僕は一人でセンチメンタルな気分になる。

僕と浜咲麻衣では人間としての初期性能が違うなんて分かっていたはずだ。彼女の完璧さに嫉妬してもなんの意味もないのに、僕はなんだか惨めな気分でカクテルをあおる。すっかり不味い酒だ。

「そうだ、チーズ切るね」

かるーく自己嫌悪に陥りながらもおしぼりをねじねじしていると、浜咲麻衣がチーズを切りはじめた。初めてやる作業とは思えないほどなれた手つきで、次々とカットされたチーズがおしゃれに盛り付けられていく。

「そういえばね、追加料金とって食べさせてあげるサービスでもやればって杉野先輩が言ってたんだけど……どうかな？　どう思う？」

チーズとクラッカーが盛られた皿を出しながら浜咲麻衣が困ったような笑みを浮かべ僕に意見を訊ねてきた。さすが杉野先輩だ。金儲けのことに関しては普通の人よりも頭ひとつ抜きん出てる。ただし浜咲麻衣の意思は汲まないものとするが。

「どうって言われてもねぇ……僕がどうこう言って変わる話でもないし」

「あはは、そうだよねぇ……桐島くんは？　もし、そういうことやってもらえたら男の子って嬉しいものなの？」

「うーん、まぁ普通は嬉しいと思うよ。僕は嫌だけど」

「嫌なの？」

「絶対嫌だね」

だってそんなのあまりにも惨めじゃないか。それにどっちかっていうと介護されてるみたいだ。

「嫌なんだ……そんなに嫌？」

「嫌だと思う。恥ずかしいし。まぁやってもらったことなんてないんだけど。でもああいうの見ちゃうとうわってなんない？」

「なる！　なんか、そういうことやる人達に限って周りに人がいてもやるんだよね。お店とかで普通にやるし」

「多分家でもやってるんだろうね。とにかく、僕はそんな恥ずかしい目に遭いたくないから嫌だね」

「そう言われると……確かに。やるのもやってもらうのも嫌かも……」

「嫌なら早めに言っといたほうがいいよ。あの人、杉野先輩っておもちゃは壊す勢いで遊ぶタイプだろうから」

「……おもちゃ」

浜咲麻衣が苦い表情を浮かべる。僕は彼女に同情しながらもチーズとクラッカーを食べることしかできなかった。

＊

学園祭まであと一日。僕は杉野先輩の命令で大学近くの業務スーパーへと酒の買い出しにきていた。

お酒自体は元々用意されていたのだが、昨日杉野先輩がほとんど飲んでしまったので、急遽買い足しとなったのだ。そもそもバーで用意するお酒なんてカクテルに使うものなので割って飲むのがほとんどだというのに、それをそのまんま飲み干すというのがいかにも杉野先輩らしい愚行だ。そしてその尻拭いを後輩である僕にやらせるという蛮行。もう慣れてしまったのでなにも思わないが。

「しかも潰れてなかったし」

ぼやきながら買い物カゴに酒瓶を入れていく。当然資金は杉野先輩から貰っているのでべつにどれだけ買っても構わないのだけれど、単純に持って帰るのがしんどい。しかも酒瓶を大量に抱えた学生というのもなんだか目立つような気もする。

「おう、桐島か」

　これくらいでいいかなと考えていると後ろから突然名前を呼ばれた。

　思わず振り向くと、そこには三上先輩がいた。梅酒の細い瓶を二本ぶら下げている。

「どうも、お疲れさまです」

「ん、それ全部一人で飲むのか？　なわけないか。杉野じゃあるまいし」

　その杉野先輩が一人でほとんど飲んでしまったので買いにきたんです。苦笑いを浮かべながら僕は先輩と共にレジへと向かう。

　杉野先輩から借り受けたカードで会計を済ませ、サッカー台で酒を袋へと詰めていく。こっから大学まで一キロもないけれど、それでもこの重い荷物を持っていかなきゃいけないことを考えると中々に憂鬱だ。

「それで？　学祭の方はどうなんだ？　上手く……いってんのか？」

　早々に自分のリュックへ酒瓶を詰め込んだ三上先輩が、台に寄りかかりながら訊ねてくる。途中で言葉が止まったのは僕が買った大量の酒を見てしまったからだろう。

　三上先輩は学園祭だからといって自分のペースを崩さない人だった。そしてなにひとつ手伝わない人だった。故にプロジェクトの進捗をまったくと言っていいほど把握していないのだ。まぁ大して手伝わないのは僕もだけど。

「始まる前から酒を買い足してるってことを無視すればおおむね順調です。多分今年は去年より忙しくなりますよ」

「忙しくねぇ……」

ふーんといった感じで三上先輩が僕の言葉を繰り返す。先輩のこの言い方は嫌味でも皮肉でもない。知り合ったばかりの頃は分かりづらかったけど、今なら分かる。

これは多分、心配してくれてるのだろう。意外と情に厚い人なのだ。

「でも来年は今年以上に忙しくなるだろ。お前みたいな言い方をするとめんどくさくなるって言った方が分かりやすいか?」

フッと遠くを見るように笑って、三上先輩がリュックを背負い直す。

先輩の言葉の意味を考えながら、僕も荷物を持って店を出る。

今年より来年の方が忙しいと三上先輩は言っていた。今年と来年、一年でいったいなにが変わるというのだろう。

前を歩く三上先輩の背を見つめる。来年になったら、あと一年後には――

「そうか、来年は三上先輩がいないんですね」

ようやく出てきた答えに三上先輩は足を止める。僕の隣に並び、僕の肩を叩いた。

「杉野のこと、上手く使えよ」

「無理ですよ。少なくともこうやって使いっぱしりにされてる間は」

先輩からの助言というか応援を僕はあっけなく跳ね返してしまった。仕方がない、だって本当のことだ。僕は猛獣使いでもなんでもない。ただの一般人だ。

ただの一般人である僕は猛獣から逃げ惑うか、生存する代わりに自身の腕を贄として捧げるしかないのだから。

「ていうか前から思ってたんですけど、杉野先輩はどうして三上先輩に逆らえないんですか？　杉野先輩の性格とか、攻撃性とかから考えるになにか弱味を握ってるとか？」

「さぁな。俺も知らん。でも少しマシになった方だよ。こっちの意図を汲んでくれるかはともかくとりあえず話を聞くようになった。昔は話を聞こうとすらしなかったからな」

「大して成長しているとは思えないんですが」

時々三上先輩が語る過去の『酒友会』は聞きたいような、聞きたくないような、なんか危険な香りに満ち満ちていた。

正直そこら辺も気になることではあったので、これを機にもう少し色々聞けないかと僕は三上先輩へと一歩踏み込む。

「あの、前に先輩うちのサークルは昔もっとたくさん人がいたって言ってましたよね？なんで、僕が入ったときは二人しかいなかったんですか？」

　思いきって気になっていたことを聞いてみると、三上先輩は特に逡巡することもなく「フンッ」と鼻で笑った。

「杉野が喰ったんだよ。男も女も、二十人ちょっといたサークルメンバー全員を喰い散らかしたんだ。俺以外の全員をな」

「えっと、その。喰い散らかしたっていうのは、つまり」

「俺以外のサークルメンバーと肉体関係を持ってたってことだ」

「なるほど」

「それだけじゃない。他のサークルからも大量に人を引き抜いた。女は男を奪われて、男は女を奪われた」

「あの、以前公園で杉野先輩を見た瞬間に逃げ出した人がいたんですが、それは」

「生き残りってやつだろうな。つってもほとんどの学生が杉野のせいで辞めていったらしいが」

　ドン引きだった。杉野先輩は性に奔放というかおおらかな感じではあるが、今の話を聞くとなにも考えずその場のノリだけで生きているような——ゆうて今もそうだったか。

いやしかし二十人以上っていうのは少しスケールが大きいというか、それの発端がたった一人の女性なのだから、杉野先輩は業が深い。

「まぁ、杉野先輩がイカれてるっていうのは分かりましたけど、逆になんで三上先輩は大丈夫だったんですか？　唇に毒とか塗ってたんですか？」

「お前そんな自衛方法……いや、まぁ当時のあいつにはそれくらいやんなきゃ無理だったかもしれないな。まぁでも単純に拒絶してただけだよ。襲われたら殴って逃げた」

「シンプルですね。一回だけならいいかなぁってなんなかったんですか？」

「いや、俺は好きな子としかエッチしないから」

突然のピュア発言。さっきまでの杉野先輩のゲス武勇伝との温度差で風邪をひきそうだ。

三上先輩の今の発言は果たして本気なのだろうか。だとしたらちょっと恐怖すら感じてしまう。この人はそんなピュアな気持ちを持ったまま、推定二十人以上と肉体関係を持った女性と今まで酒を飲んで、しかもほぼ毎回家まで送ってもらっていたのだ。どっかで襲われるとか睡眠薬を盛られるとか色々考えなかったのだろうか。

「要するにだ。俺が卒業したら杉野は止まんなくなるからな。またアホみたいに人集めて狩りに出るかもしれないってことだ」

「狩りって表現めちゃくちゃ怖いですよ。まぁでもほら、僕は大丈夫だと思います。杉野先輩は僕に興味ないみたいですし。人が増えたとしても誰にも相手にされないでしょうし」

それが元々僕がこのサークルに入れた理由のひとつだ。圧倒的な被虐性と無抵抗さが杉野先輩曰く「面白い」とのことらしい。

サークルに入った当初はわりと「美味しくなさそう」と頻繁に言われていたので、僕が杉野先輩のターゲットになることは考えづらい。

「どうだろうな、あいつは雑食だし……いや、まぁ大丈夫か。浜咲もいるしな」

最後に奇妙なことを言って、三上先輩は大学の方へ戻らず、別の道を歩いていく。果たして浜咲麻衣は杉野先輩への抑止力になり得るのだろうか。

なぜか大学と逆方向の道を歩く三上先輩の後ろ姿を呆然と見ていると、酒を入れていたビニール袋の持つ部分がビリッと破れ、地面に勢いよく酒瓶が落ちた。

＊

「時間は十五分コースか三十分コース。注文は三杯まで。お触りは禁止」

杉野先輩がペラペラと店内ルールを説明する。

三上先輩からの「ガールズバーじゃねぇか」というツッコミを聞きつつ、僕は僕であくびをしながら杉野先輩の話を聞いていた。

唯一ちゃんと話を聞いているのはバーテンダーである浜咲麻衣だ。遊びに来た浜咲麻衣の妹である浜咲美咲に至ってはスマホをカタカタとすごい速さでなにか操作をしているようで、ちっとも話を聞いていない。まぁ彼女は聞く必要なんてないのだけれど。

しかし浜咲麻衣があやって真剣に聞いているのもうなずける。なにせ彼女はこれから教室の中に作ったカウンターバー『behemoth』にて客の相手をしなければいけない。

そう、今日は学園祭『緑黄祭』だ。あっという間に本番当日となってしまった。

「とりあえず二時までやって、そっから一時間半くらいかな、休憩とってね。それで四時から五時半くらいまで。どう？　いけそう？」

杉野先輩が一応確認すると、浜咲麻衣はにっこり笑って「大丈夫です」と答える。浜咲麻衣が休憩している時間帯はバーを一時的に閉店して、僕や杉野先輩が諸々の作業をするらしいので、逆に言えば僕が働く時間帯はそれくらいだ。こりゃ楽ができるな。なんて思っていると、浜咲麻衣が妹である浜咲美咲となにやら喋り始めた。

「うーん、二時まではお姉ちゃん動けないから。美咲はどうする？　どっか見て回る？」

「んーどうしよ。えー……」

浜咲麻衣の妹が唇を尖らせて声を伸ばす。「どうしようー」なんて言っている彼女の視線は先程までスマホに向けられていたのに、いつのまにか僕の方へと向けられていた。

大きな黒い目が僕の顔を捉える。嫌な予感がする。僕は思わず天井を仰ぎ見る。

「この人借りていってもいいですか？」

やっぱりきた。浜咲美咲からのご指名に僕は顔を下ろし、浜咲麻衣へ視線をやる。

頼む、断ってくれ。こんな得体の知れない大して頼りがいのなさそうな男に大切な妹さんを預けてもいいのか。よくないはずだ。よく考えろ。

「いいよー」

あっさり受諾された。しかも返事したのは杉野先輩。

「借りるって、桐島くんとなにするの？」

浜咲麻衣が妹さんに訊ねる。気になるところそこか。ただ僕が暇潰しの相手としてけちょんけちょんにされるだけだぞ。

僕が口を挟む隙もなく、事態がどんどん進行していく。困ったなぁと思いながら浜咲美咲を見ると、彼女は僕と目を合わせるなりフッと口角をあげて笑った。

「別にーただちょっと案内してもらうだけ」

「そう？　そういうことならいいけど。あんまり迷惑かけちゃだめだよ？」

「大丈夫だよ、迷惑なんてかけないって」

もうすでに十分迷惑なんですよ。なんて本当は言いたいけど、そんなことが言えるほどの度胸は持ち合わせていないので、僕は黙ってことのなりゆきを見守ることにする。

仕方ない、世の中の不利益を被る(こうむ)のが僕の存在理由だ。明らかに敵意を持たれている相手とはいえ女子高生と学園祭を回れる機会なんて今後ないだろう。しかも美少女。自分に言い聞かせないとやってられない。やれやれ、楽しい学園祭になりそうだ。

＊

大学の学園祭っていうくらいだからもっとスゴいものだと思った。本日二つめになるチョコバナナを食べながら浜咲麻衣の妹である浜咲美咲は気だるそうにそう言った。

この女、さっきから見つけた店に片っ端(かたっぱし)から飛び込(こ)んでいる。しかも一口食べては「微妙(びみょう)」とか「普通」とかいってまた食べながら歩き出すのだ。もちろん支払(しはら)いはすべて僕だ。

「もっとスゴいものって具体的にはどういうものを？」

途中で買ったタピオカミルクティーを一口飲んで、僕が訊ねる。浜咲麻衣の妹は冷たい顔で振(ふ)り向き、僕の顔を見下ろしてまた前を向く。

「具体的にとかはないけど、なんか、こうスゴいものあんのかなぁって。こんなの、高校生の文化祭と変わんないじゃん」

カットされたチョコバナナが入ったカップを揺らしながら、浜咲美咲がぼやく。最後に「つまんな」と言って二つ目のチョコバナナを食べきって、僕の方へカップを渡してきた。

潔くカップを受け取り、くしゃりと握りしめて敷地内のゴミ箱へと投げる。

浜咲美咲の言うことはあながち間違いでもなかった。僕が通っている緑黄館大学は偏差値はそれなりだ。だが偏差値がそれなりにあるからといって頭がいい人賢い人が集まってくるわけじゃない。学生の知能レベルが低いと全体として文化レベルも低いものになってしまう。故に我が大学の学園祭というのも、イマイチなのである。彼女が言う通り高校生の文化祭と大して変わらない。毛が生えたレベルだ。

まぁ未知の世界に過度な期待をしてしまうというのも、ひじょうに高校生らしいというか、明るい高校生ならではといったショックだろう。気の毒とは少しも思わないけど。

「仕方ないよ。殆どの人間が少し前まで君と同じ高校生だったんだから」

フォローにならないフォローをして顔をあげる。しかし、僕がそう言った頃には浜咲美咲は僕の近くにいなくて、またもやなにか食べ物の屋台に向かっていた。

どれだけ食べるんだ。僕ははぁとため息をつき、人混みの中にいる彼女の方へと向かう。

背の高いお嬢様は屋台の学生となにやら楽しそうに喋っていて、注文したフランクフルトのおまけとしてもう一本もらっていた。

身長やスタイルのよさもそうだが、なにより彼女は美人だ。姉である浜咲麻衣にも負けず劣らずの美貌なのでふつうに歩いているだけでも目立ってしまう。

フランクフルトの一本をかじりつつ、もう一本を持って浜咲美咲が戻ってくる。僕はそのまま歩いていき、彼女と合流すると同時に「少し休もう」と提案した。

「休むってどこで休むの？」

「学園祭では必ずあるんだよ」

答えを言わず、僕は浜咲美咲の前を歩く。構内から校舎へ入り、そこから廊下を少し歩くと、お目当ての看板が見つかった。

どこにでもある普通の教室の前には休憩所と書かれた看板が置かれていて、そこの周りはやたら静かだ。

「なにあれ、休憩所って？」

「そのまんま。無料の休憩所。ただの教室だけどね」

説明しながら教室へと入る。意外なことに室内には誰もおらず、閑散としていた。

適当な席に座り、その対面に浜咲美咲が座る。大学の教室が珍しいのか、椅子に座りながら室内を見回している。顔も私服も大人っぽいので、大学生だと間違われても不思議じゃないのに、キョロキョロしているのがなんだか変にちぐはぐ感を出している。

だがこの部屋には彼女の興味を惹くものが特になかったのか、改めて僕の方へ視線を戻し、ついさっきもらったフランクフルトと別の出店で買っておいたたこ焼きを食べ始めた。

「ていうかさぁ、こういうときってなんか色々面白いところ案内するもんじゃないの？」

浜咲美咲からの疑問に僕は首をかしげる。なぜ知らない人にそんなことをしなければいけないのか。浜咲麻衣に言われたのは妹の面倒を見てほしいということだけだ。

「残念だけど、うちの学祭は高校の文化祭と大して変わんないからさ。面白いところなんてないんだよ」

先ほどの浜咲美咲の言葉をなぞり、僕は手で口を押さえながらあくびをする。

そんな僕の態度がやっぱりお気に召さないのか彼女は綺麗に整った顔をゆがめ、上半身だけそらして座りながら僕から距離をとった。

「それでもなんか捻り出してよ。いい？　あたしはあの浜咲麻衣の妹なんだよ？　ここ点数稼ぐチャンスじゃん！　お姉ちゃんからの好感度上げたくないの？」

「チャンス、好感度ねぇ……」

途中で買ったタピオカドリンクを飲みながら、僕は背もたれに体重をかける。

つまり、浜咲美咲が言いたいのは、ここで自分に愛想よくしておけば、姉である浜咲麻衣にその情報が伝わり、僕の評価が上がり、付き合うまではいかないが、少なくとも可能性は高くなるということだ。

一見的を射た意見かもしれないが、そこにはひとつの認識のズレと、ひとつの巧妙な罠が存在する。

認識のズレというのは、そもそも僕が浜咲麻衣と付き合いたいと思っていないことだ。

そしてもうひとつ、巧妙な罠というものは——

「たとえ僕が君を完璧にエスコートして、常に笑えるような楽しい時間を用意したとしてもさ、君がお姉さんへ素直に良かったって報告するとは思えないんだけど」

同じくタピオカドリンクを飲んでいた浜咲美咲が、僕の言葉を聞いてグッと喉をつまらせた。ゴホゴホと咳をして、そのあとすぐに僕をキッと睨む。屈辱と動揺が混じったその目付きに、僕はタピオカドリンクを持ったままふぅとため息を吐いた。

「……なんでそんなこと思うの」

「君は昔からお姉さんを守るために近づいてくる男達を排除してるんだろ？　安心していいよ。僕はそもそも君のお姉さんは狙ってない。たぶんこれからも」

「お姉ちゃんがあんたのこと気に入ってるって話があったとしても？」

今度は僕が固まる番だった。彼女の言葉にフリーズし、強制終了。すぐに再起動する。

フフンと勝ち誇った顔の浜咲美咲と目を合わせると、フッとばかにするように笑った。

「夏休みで帰省したとき、去年は大学の話なんて全然しなかったのに今年はそればっかり。特にサークルのこと。あんたの名前もしょっちゅう出てきた」

「僕みたいな人間が珍しいんだよ。動物園で特別ブサイクなやつっているだろ。それが僕」

「でも、一対一で話してたじゃん」

「そんな言い方すると君のお姉さんはこれまで男と一対一で喋ったことないみたいだ」

「……それは」

浜咲美咲が突然黙り込む。視線が斜め下へと泳いでいき、口をキュッと引き結んだ。

それじゃあ隠し事があるって言っているようなものだ。

「まぁどっちにしろ無理だろ。あの人、男嫌いなんだろ？」

タピオカドリンクを飲み干して、カップを机の上に置く。

僕の断定するような物言いに、浜咲美咲は僕を見て、また口を引き結んで黙り込んだ。

「大学にいるときは常に誰かしらが傍にいた。でも男がいるところなんて見たことない。無論一切喋ってないわけじゃないけれど、それでも一対一じゃない」

浜咲美咲の動揺なんて気にも留めず、僕はペラペラと喋り続ける。

これまでの大学生活で密かに抱いていた違和感。僕の考えすぎなのかもしれないが、この妹のリアクションを見ると、あながち間違いじゃないのかもしれない。

「なによりさ、ありえないんだよ。あのレベルの女の子が誰かと付き合ってないなんて、おかしい話なんだ。だってそうだろ？　君のお姉さんは綺麗だ。美人過ぎるくらい。それに性格もいい。優しくて気配りができて、思いやりの心に満ちている。唯一の欠点は酒癖が悪いくらい。でも殆どの人はそれを知らないし、本人も悪いところだって自覚してる。そんな完璧な人が誰かと付き合ってないなんてありえないんだよ」

男なんて自分本位でプライドが高い生き物だ。だけどそうじゃない人もいる。

そして浜咲麻衣は決して愚かな女性ではない。自分にアタックしてくる男がどういう人なのか、本当にいい人かどうかなんて、完璧とは言わないがある程度は判断できるはずだ。

しかしそれでも浜咲麻衣は誰とも付き合わない。こうなってくると相手の問題よりも、自分自身の問題なのかもしれないのだ。

結論、浜咲麻衣はなんらかの理由で男嫌い、それも自分にアプローチを仕掛けてくる男はもっと無理、ということだ。唯一ふつうに話せている僕はそもそも異性として完全に対象外なわけだから、問題なし。

「まぁ君のお姉さんが男嫌いだろうが、女嫌いだろうが僕には関係ないからさ、なんでそうなったかとかも興味ないんだよ。えーっと……話がだんだんズレていってるから戻すけど、つまり君のお姉さんが僕のことを絶対に好きにならないように、僕も君のお姉さんを絶対に好きにならないから。安心してほしい」

だって、誰かを好きになったって、僕なんか相手にされるわけがないんだから。

好きになってフラれて傷つくくらいなら、最初から好きになってやるものか。

僕はもう誰かの好意を期待して傷つきたくないんだ。

「じゃあアンタはお姉ちゃんに告白されても、応えないの？」

「だろうね。そんなの、きっと耐えられないよ」

＊

一通り話を聞いたところでスマホに視線をやると、ちょうどいい時間になっていた。

「もうそろそろ時間だ。戻ろう」

僕がそう声をかけて立ち上がると、浜咲美咲は無言で頷き、立ち上がった。

二人で横に並んで歩き、教室を出て歩く。

浜咲美咲は僕の気持ちを確認したくて今回ついてきたのだろうか。わざわざ姉のためにこんな得体の知れない男と二人っきりになるなんて、本当に姉想いの妹だ。僕と姉の冷えた関係性と比べると泣きそうになる。言うほど冷え切ってないし、そもそも泣かないけど。

「ぎゃっ！　ちょっ、さいあくなんだけど！」

浜咲麻衣には「君の妹さんは手のかからないいい子だったよ」と報告しようなんて思っていると、いつの間にか僕の目の前でなにか揉め事が起きていた。

男が一人、女が一人、そして浜咲美咲がうわぁって顔で困っているように見える。

僕はすかさず一歩前に出て浜咲美咲に声をかけた。

「なに？　どうしたの？」

「あ、えっと」

「その子がアタシにぶつかってきてっ、アイスがこぼれたの！　もうさいあくなんだけど。これ気に入ってたのにぃ」

浜咲美咲から事情を聞く前に女の方が金切り声で捲し立ててきた。

振り向いて見ると女の服の腕の部分に溶けかけのチョコレートアイスがべったりついており、多分彼氏だと思われる男の方は「マジかよ」とか「これ落ちないんじゃね？」とかブツブツ言いながらハンカチで女の手を拭いている。

もう一度浜咲美咲を見ると、彼女はばつの悪そうな表情で自分の身を守るように右腕で左腕の肘を掴んでいた。

「この子がぶつかったことに関しては僕が謝ります。すいません。クリーニング代もこっちで払うので」

ひとまずこっちが下手に出ると、向こうのカップルが一瞬だけ顔を見合わせた。アイスが付着したブラウスの袖をハンカチで何度か叩きながら浜咲美咲から僕の方へ視線を移す。

「えーじゃあ、まぁクリーニング代？　もらっとく？」

「まぁそれ貰えればなぁ。せっかくだし」

「うん、じゃあとりあえず四万くらい？」

四万ってなんだよ。ブラウス一枚でそんなかかるわけないだろ。どんな店使ってんだ──なんてことは思ってても言えず、僕は「四万、ですか？」と苦笑いを浮かべるだけだ。

「なに？　そっちがクリーニング代出すって言ったんじゃん。出せないの？」

「いや、まぁもちろん出しますけど、四万っていうのは……ちょっと、ねぇ？」

「ちょっとってなんだよ。こっちは被害者なんですけど!?」

「被害者って、そっちだってよそ見してたじゃん」

二対一で責められている僕に対して、浜咲美咲が口を挟んできた。だが残念、君が放ったのは足元の火を消す水じゃなくて、さらに勢いを強くする油だ。

案の定、カップルの視線が僕から浜咲美咲へと移る。全く同じタイミング、息ピッタリ。

「なにそれ⁉　アンタがぶつかってきたんでしょ⁉　アタシ達のせいにすんの⁉」

「だってそうじゃん。そっちがスマホ見ながら並んで歩いてたから避けきれなかったんだし。こっちも悪いけど、そっちにも原因があるんじゃないの？」

「はぁっ？　アンタ頭おかしいんじゃないの？　そっちがぶつかってきたんでしょ」

「頭おかしいのはそっちでしょ。大体ただのシャツにクリーニング代四万って、そんなかかるわけないじゃん」

「かかるから！　クリーニング代と手数料と迷惑料！　全部合わせて四万だから！」

カップルの女と浜咲美咲のやりとりがヒートアップしていく。騒ぎを聞きつけて人が集まってくる。まずいと思いつつも僕と彼氏は二人の剣幕に割って入るタイミングを見失う。

しかしこうしてやりとりを聞いていると、浜咲美咲は口が達者だ。それに度胸もある。年上相手でも関係なく食ってかかり、やり込めようとしている。

一方女は結構にヒートアップしているようで、今にも浜咲美咲に掴みかかりそうだ。

「あたし前にクリーニングの染み抜きやってもらったけど二千円ちょっとくらいだったけど？　いっても三千円くらいでしょ。なに四万って、クリーニング使ったことないの？」

浜咲美咲の反論に女の方が睨みながらも黙り込む。ああ、まずい流れになってきた。

「しかも勝手にぶつかっておいてお金請求するってどんだけ図々しいの？　この人がクリ

ーニング代出すって言った瞬間目の色変えてさ。ほんっと下品なんだけど」

もうやめた方がいい。これ以上はよせ。女の方の手が震えてる。力を込めてるんだ。

「ていうかそんなダサい服着といてクリーニング代とかマジで――」

女が動き出す。相手の腕が振られたのと、僕が動き出したのはほぼ同時だった。

浜咲美咲を庇うように前へと出て、女からのビンタをモロに喰らう。パァンッという弾ける音と共に僕の顔が真横に吹っ飛んだ。

グッと足に力を入れ、その場で体勢を立て直す。右手で左頬をおさえながら女の方を見ると、顔を真っ赤にして僕を睨んでいた。

沈黙とざわめきが切り離された空間で、僕は財布から五千円札を一枚取り出して、女へと押しつける。

振り向くと、浜咲美咲が既視感のある表情で僕を見下ろしていた。どこかで見たことがある表情だ。

なんだろう、あぁ、そうだ。浜咲麻衣と同じだ。彼女が僕を見るときも、同じ顔をしていた気がする。

僕は彼女の腕を軽く叩き「もう行こう」とだけ言って歩き出す。どういう場面だったかは、ちょっと思い出せないけれど。

人と人との間を進んでいると、後ろから浜咲美咲が無言でついてきた。

＊

『来週の土曜にそっちいくから駅までむかえにきて』

見知らぬアカウントからメッセージアプリで謎の呼び出しをくらった。

なんの自慢にもならないが、僕のアカウントはひじょうに友達が少ない。ていうか厳密に言うと友達はいない。家族と知り合いだけだ。

そんな僕に対して友達でもないアカウントからこうも一方的に連絡をよこしてくるなんて、なるほど僕も人気者になったということなのだろうか。

まぁ、おそらくこの見知らぬアカウントは浜咲美咲だろう。そもそもアイコンが自撮りで名前もそのまんまなのだから分からないわけがないのだ。

しかし彼女はなぜ僕のアカウントを知っているのだろうか。浜咲麻衣が僕のアカウントを教えるとは思えないし、もし教えることになったとしても、人間レベルが高い彼女のことだ、僕に一度教えていいか聞いてから教えるだろう。

そんなことよりだ。浜咲美咲が僕のアカウントを知っていたことよりも考えなければいけないことがある。

なぜ浜咲美咲は僕を呼び出したのかということだ。田舎の人間とはいえ、彼女はゴリゴリにカースト上位の女子高生だ。いまさら東京観光なんて話はないだろう。ていうか僕のことがそんなに好きじゃない彼女が僕を頼るとは思えない。

だとしたら罠だろうか。待ち合わせ場所には彼女の遊び仲間兼彼氏候補のヤンキー男達がいて、僕を人気のないところへ拉致して調子のってんじゃねぇぞの言葉と共にボコボコにされるかもしれない。

「普通に帰りてぇなぁ」

最悪の想像をしながら、僕は集合場所の駅構内の柱に寄りかかる。都内の駅は相変わらず賑わっていて、僕の前を無数の人間が通りすぎていく。

結局断りきることもできず、僕は今こうして駅で浜咲美咲を待っている。彼女がなんの用で東京に出てくるのかも知らず、待っているのだ。

従順とかそういうことじゃなくて、単純に諦めが早いだけだ。まぁ、呼び出しに応じたのはただ諦めただけというわけでもないのだが。

『ついた』

柱に寄りかかって待っていると、浜咲美咲からメッセージが届いた。

『さむい』

『おなかすいた』

『ひと多くない？』

『どこ』

　浜咲美咲がたてつづけにメッセージを送ってくる。一つ一つに返事をするのを早々に諦め、僕はとりあえずどこにいるかだけメッセージを返し、スマホをポケットにしまった。

　改札の向こうからくる人の波を眺めていると、少しして、見覚えのある背が高い女の子が見えた。

　寄りかかっていた体勢から体を起こし、彼女の視界に映るようそそくさと移動する。

　改札を出たところで浜咲美咲が顔をあげる。少しキョロキョロしたあとすぐに僕を見つけ、ペースを変えることなく近づいてきた。

「えっと、どうも」

「……どうも」

　互いにぎこちない挨拶を交わす。僕は周囲を確認し、ヤンキーっぽい風貌の男達が近づいてこないか警戒をする。大丈夫、いまのところ近くにはいない。

「なに？　どうしたの？」

「ん？　ああ、いきなり襲われないかなって思って」

「なに言ってんの……あ、あのさ」

周りをきょろきょろしていると浜咲美咲が少し大きな声を出した。

視線を戻すと彼女は珍しく気まずそうな表情をしていた。口をムズムズさせながら眉間にしわを寄せている。

「なんですか?」

「この前は……その、ごめんなさい。迷惑かけました」

謝罪の言葉と共に浜咲美咲が腰を折って頭を下げた。

人通りの多い都内の駅でスラリとした美少女が冴えない男に向かって頭を下げている。なんか変な誤解を生んでしまうような気がして、僕はギョッとしてしまう。

「いやいやいや、そんな頭を下げられるようなことなんてされてないというか、いや、そもそもなんで謝られてるのかが分からないんだけど、とりあえず、とりあえず……頭を上げてくれ。絵面として、良くない」

僕の言葉に反応し、浜咲美咲が顔だけを上げる。上目遣いで見つめてきたので「いいから、ほら」とさらに声をかけるとようやく体を起こした。

「学園祭のとき、あたしのせいでその、ぶたれちゃったし」

「ん？　あぁ、それか。いいよ別にそんな。気にしてない」

「あ、あたしは気にするの。だから、その……ごめん」

視線を逸らしながら再び謝る浜咲美咲。彼女の素直な態度に僕は若干面喰らいながらも、軽く肩を竦める。

別にあんなの僕にとっては通常営業だというのに、わざわざ謝ってくれるなんてなんだかんだで優しい子なのだろう。

まぁできれば謝る場所とタイミングをもう少し考えてほしかったが。

「君のお姉さんは知ってるの？　今回のこと」

「お姉ちゃんには……言ってない。いいよ、言いたいなら言えば」

「そこまで恩着せがましい人間じゃないよ僕は」

「マジで言っていいよ。言えば、お姉ちゃんからの好感度上がると思うし」

「でも言ったら君が怒られるだろ？　じゃあいいよ。言わないことにする」

僕のあっさりとした態度に浜咲美咲は不満そうな顔をしていた。姉にチクられないことの安堵と、僕への少しばかりの罪悪感が混ざってどうしたらいいか分からないのだろう。ここら辺は姉と同じく分かりやすい。

「別に優しさで言ってるわけじゃないよ。巻き込まれるのが面倒だからってだけ。それで？今日呼び出したのはこれを言うため？」

「あっ、それも、あるけど。もうひとつ、話があって」

「……とりあえず、どこか入ろうか」

＊

「それで君のお姉さんには内緒の話っていうのは？」

駅から少し離れた場所にあるマイナーなチェーン店の喫茶店で、僕はコーヒーが運ばれてきた瞬間にそう切り出した。

ジンジャーミルクティーを飲もうとした浜咲美咲がビクッとして動きを止める。カップから飲み物がこぼれ、ソーサーに薄茶色の液体がはねた。

「いきなりその話するの？　ふつーもう少し段階踏まない？」

ソーサーにカップをそっと置いて、浜咲美咲が信じられないといった表情で僕を見る。

彼女の方が大きいのに座っていると見下ろすような視線にならないのは、つまりそういうことなのだろう。

「別に僕も君も世間話するためにきたわけじゃないんだから、段階踏む必要なんてないだろう。それとも君は僕に最近どう？　とか学校は楽しい？　とか聞いてほしい？」

僕の反論に浜咲美咲がしかめっ面(つら)になる。僕が気にせずコーヒーを飲むと、彼女はため息をついてジンジャーミルクティーを飲んだ。

「……絶対お姉ちゃんには言わないでよ」

浜咲美咲が僕をにらみ、釘(くぎ)を刺(さ)す。僕はカップをソーサーへ置いて、緩(ゆる)く腕を組んだ。

「お姉ちゃんってね、小学生のときから綺麗(きれい)で可愛(かわい)くて、みんなの人気者だったの」

ポツポツと浜咲美咲が語り出す。

彼女の姉である浜咲麻衣は小学生の時点ですでに完成していた。成績優秀(ゆうしゅう)で運動能力が高く、活発な女の子だったらしい。休み時間はいつも女の子と一緒(いっしょ)になにかしら遊んでいたが、時々男子に交ざってドッジボールもやっていたらしい。ますます僕とは正反対だ。

もちろんこの話はただの導入部分だろう。こんなこと浜咲麻衣本人に言ってもなんのダメージも与(あた)えられない。

「でも、お姉ちゃんが小学六年生のとき、担任の男の先生に……その……」

「襲われた？」

言葉を詰(つ)まらせた浜咲美咲の代わりに僕がその言葉を出した。彼女はカップの取っ手をグッと握りしめる。小さな手が真っ白になり、苦い表情を見せる。

かわいそうだとは思うが、おかしい話だとは思わなかった。

浜咲麻衣の小学六年生の姿を見たことがないので、断定はできないが、それでも当時の彼女が綺麗で可愛らしい存在だったことは察しがつく。

そんな美少女に劣情を抱く人間がいるということも、共感はできないが理解できる。

今の話を聞いて僕は同情すると共に納得した。

「未遂だった」

浜咲麻衣が男に対して警戒しているというのも、過去のできごとがトラウマとなっているのだろう――自分の中でそう結論付けようとしたとき、浜咲美咲が再び口を開いた。

未遂という言葉に、僕は眉をひそめ、少し前へと身を乗り出す。すると浜咲美咲はじっと僕の目をみて話を再開した。

「襲われたのは本当。帰ろうとしたところを、廊下で襲われたの。お姉ちゃんは必死に抵抗してどうにか振りほどいて、そのまま走って逃げようとしたの。でも昇降口でまた捕まった。最初と同じように叫びながら暴れて、どうにか振りほどこうとしたんだって。そしたら、教師が足を滑らせてそのまま階段を、転がり落ちていった」

浜咲麻衣が通っていた小学校は昇降口の前が長く広い階段になっていた。振りほどかれ、足を滑らせた犯人はそこを転がり落ちて、その先の花壇の煉瓦に頭を打ちつけたらしい。

長い階段を転がり落ちて、体のあちこちに生傷ができて頭からはかなりの量の血を流していたという。

ついさっきまで悪魔のような顔で自分に迫っていた男が白目を剥いて眼下に横たわっている。そんな光景を浜咲麻衣は目の当たりにしてしまったのだ。

事故だった。不慮の事故であり、正当防衛だった。

浜咲麻衣が教師に襲われていたところを何人かの児童や校務員が見ていたらしく、当然ながら彼女が純然たる被害者だという事実は一切揺らがなかった。当然だろう。彼女に落ち度なんて一切なかったのだから。

「この前お姉ちゃんのこと男嫌いって言ってたけど、実際はもっと深刻なの。男だけじゃなくて、女も嫌い。ううん、嫌いっていうか信じられなくなってる。人間不信なんだよ」

事件そのものも大変だったが、より大変なのはその後だったらしい。

浜咲麻衣は中学生になったが、事件のせいで男性に対して本能的に恐れを抱くようになり、周囲の男子生徒に内心怯えながら通学することになった。

さらに厄介なことに、浜咲麻衣はその容姿と控えめな性格——ただ怯えているだけなのだが——のせいで男子からの人気が高かった。また、過去のことを知っている教師達は浜咲麻衣に過剰とも言えるほど気を遣った。傷ついた彼女に対してはその行いは正しかったが、それが他の生徒からは特別待遇に見えたのだろう。そういった諸々の要素が原因となり、彼女は女子生徒から陰湿ないじめを受けることになる。

やがて浜咲麻衣は通常の登校から保健室登校、だがそれすらも続かず、不登校となり、最終的には転校した。

「高校生になっても、最初は中々登校できなくて、でも少しずつ、本当に少しずつ回復していったの。二年生の頃は彼氏もいたから……まぁ、一年ちょっとで別れたらしいけど」

回復していったのはほとんど奇跡のようなものだったのだろう。あるいは、浜咲麻衣自身が必死に頑張った結果なのかもしれない。

これは確かにものすごい秘密だ。おいそれと誰かに話すようなことじゃないだろう。故に気になってしまう。浜咲美咲はなぜ僕にこの話をしたんだ。

こんな重い事情を背負った女だから諦めろということだろうか。それとも、あの女はこんなにもかわいそうな目に遭ったのだから、同情してやれということなのか。

浜咲美咲の真意を探りながらも、僕はすっかり温くなったコーヒーを飲み干す。

酸味と苦みが分離していて、僕は口を歪めた。

「お姉ちゃんがあんなに楽しそうにしてるの久しぶりに見たの」

浜咲美咲がどこか懐かしそうな笑顔を見せて、ぼそりと呟く。

普段は大人っぽい顔だけど、今だけは年相応の妹の顔だった。

「あの事件が起きて、中学生の頃はお姉ちゃんずっと怯えてて、高校生になったら、今度はなんかずっと気ぃ張ったような顔してた。あんまり思いっきり笑うこともなくて、ただうっすら笑うだけだったんだよね。でも、今年は違った」

浜咲美咲が内緒で姉に会いに来たあのとき、彼女は姉の家に泊まり、夜中までずっとおしゃべりをしていたらしい。

そのほとんどがサークルの話だったそうだ。

杉野先輩の力でとあるアーティストのライブでＶＩＰ席に連れてかれて酒を飲み、ライブ後はそのアーティストと一緒に酒を飲みながらカラオケしたり。

某テーマパークにみんなで行って、アトラクションには乗らず飲み歩きをして途中で酔った三上先輩がキャラクターにラリアットをしかけて危うく出禁になりかけたり。

ウイスキーの工場見学に行ってそこでウイスキーを全員しこたま飲んで、酔った杉野先輩が送迎のヘリを呼び、僕が高度百二十メートルくらいからゲロを吐いたり。

そんな、突拍子のないくだらない思い出話を楽しそうに語っていたらしい。

僕にとっては地獄みたいな思い出だけど、浜咲麻衣にとっては、思わず笑顔になるほどの幸せな思い出だったのだ。

「これからも、お姉ちゃんと一緒にいてあげて」

すっかり冷めてしまったコーヒーを飲んでいると、浜咲美咲がそう言ってきた。

「特別扱いしろとか、優しくしろとか言わないから、とにかく、お姉ちゃんと一緒にお酒、飲んであげて。多分まだ気付いてないけど、お姉ちゃん、あんたのこと好きだと思うから」

彼女の最後の言葉に僕はコーヒーカップを持ったまま思いっきり顔を歪める。

なんて突飛な考えだろう。浜咲麻衣が僕のことを無意識に好きって、そんなのありえないだろう。

大体、君はそれでいいのか。姉に近づく男は誰彼構わず噛みつく番犬の役目はどこにいったんだ。

不快な気持ちを表現するように顔を歪ませていると、浜咲美咲が顔をあげる。僕の醜い顔面を見て、彼女もまた顔を歪めた。

「なにその顔、あたしの言うこと信じてないでしょ」

「そりゃそうだろ……ていうか、君言ってること違くないか？　最初会ったとき諦めたほうがいいって言ってたのに」

「あのときはあんたのこと知らなかったから。今は別に、任せていいとは、思ってるし」

浜咲美咲が腕を組んでふんっと鼻で息を抜く。しまった。なんか途中での選択肢を間違えて変なルートに入ったらしい。

おそらく浜咲美咲は勘違いしている。きっと学園祭のときの僕の振る舞いを見て信用に足りる男だと思ったのかもしれないが、あんなの何度もやりたくないし、もっと危険なことになったら僕は絶対に逃げ出すだろう。

僕の自己犠牲にも限界はあるのだ。

そうとも知らず浜咲美咲は僕のことを信用してしまった。まったくこれだから世間を知らない女子高生は――飲み干したコーヒーカップを置いて、僕は盛大にため息を吐いた。

「いや、任せられても困るんだが」

アルコールに漬かった記憶～その二

「あいつ、そこまで悪い奴じゃないかも」

学園祭も終わり、部屋でゆったりお酒を飲んでいると、お風呂から上がってきた美咲が突然呟いた。

座ったまま振り向くとバスタオルを体に巻いただけの姿の美咲が立っていて、落ち込んでいるような、恥ずかしがっているような、複雑な表情をしている。

桐島くんとなにかあったのだろうか。私はくすっと笑ってグラスのお酒を飲み干す。

「だから言ったでしょ？　桐島くんはいい人だって」

もう何度目になるか分からない私の言葉に美咲は痛いところをつかれたみたいな顔をして私の隣に座る。

「いや、それはそうかもしれないけどさぁ。いい人、いい人ってだけじゃん。いい人ってだけじゃないの？」

「なにそれ、急にどうしたの？」

「別になにも……お姉ちゃん、髪やって」

背中を向けたままブラシを渡される。めんどくさと思いながらも「はいはい」と言ってブラシを受け取った。

実家にいた頃はよくやっていた。というより、やらされていた。もうなんでも一人でできるはずなのに、こんな風に求めてくるのは単純に甘えているのだろう。

嬉しいといえば嬉しいけど、ちょっとだけめんどくさいのもある。私と同じ長い髪。艶のある黒髪にブラシを通すとスッと綺麗に、なんのひっかかりもなくブラシが通る。

「……いい奴だとは思うけど、付き合うって感じじゃなくない？」

ボーッとしながらブラシをかけていると、美咲が前を向いたまま呟いた。

突然何の話だろう。付き合うって——誰と、誰が。

「いい奴だとは思うけどって……えっ⁉　あっ、桐島くんの話⁉」

「そうでしょ、話の流れからして」

美咲がこっちを向いたと思ったら呆れた顔で私を見てきた。

その視線にほんの少しだけムッとしながらも、私の頭の中は妹の言葉でいっぱいだった。

桐島くんが私と付き合う。そんなの——考えたこともない。

彼のことはもちろん好きだし、一緒にいて楽しいとは思うけど、でもそれはきっと、私も彼も互いに心地いい距離感を保っているからだ。

きっともう一歩踏み込んでしまえば、私達の関係は変わってしまう。

それは多分桐島くんも望まないだろう。このままでいいと、彼ならそう言うはずだ。

それに、なにより――

「桐島くんと付き合う……とかはないかな。上手くいかないと思う」

私がそばにいたら、きっと彼を傷つけてしまう。

酷い目に遭わせてしまうから、付き合うことなんてできない。

桐島くんだって、こんな地雷を抱えた女と一緒にいたいとは思わないだろう。

冷たい声色と表情の私を見て、美咲が困ったように眉根を下げる。付き合うって感じじゃないと言ったのはそっちなのに、どうしてそんな悲しい顔をしているのか。

「桐島くんは優しいし、いい人だから、私なんかと一緒にいない方がいいよ」

「そんなの分かんないじゃん。あいつ鈍そうだし。別に気にしないとか言うんじゃないの」

「もう、美咲はどうしたいの？　私から桐島くんを離したいの？　くっつけたいの？」

「幸せになってほしいの」

まっすぐなその言葉に私はブラシを動かす手を止めた。

美咲が上目づかいで、年相応な妹らしい表情を見せて、私に訴えかけてくる。

「お姉ちゃんは昔っからずっと綺麗で可愛くて、だからなにもしなくても、当たり前みたいに幸せになれるんだって、周りの人が幸せにしてくれるんだって、そう思ってた。でも本当は違う。違うんだよお姉ちゃん」

美咲の瞳がかすかに揺れる。声を聞いて、と私の中へ入り込む。

「自分で幸せになりたいって思わなきゃ。そう思って行動しなきゃ、ずっと幸せにはなれない。お姉ちゃんはお姉ちゃんが思う幸せの形を求めなきゃいけないんだよ」

思っていたよりもずっと強い熱意が冷えて乾いた私の心を温める。

美咲の言うことは正しい。その通りだと思う。どれだけ容姿が優れていても、どれだけお金を持っていても、なにもしなければ、ただ流されるままに流されているだけでは、満たされることなんてない。

だけど、私が求める幸せの形ってなんだろう。

自分が好きだと心から思える相手とそういう関係になること——違う。そうじゃない。もっと根本的な問題だ。それこそ、私の汚れきった過去を洗い流してくれるような、そんな幸せ。

そんなことありえるのだろうか。私は自分のことを信じられるようになるのだろうか。

「美咲は優しいね。本当に優しい」

最愛の妹の頭を撫でて、私はフッと微笑む。

幸せになれるかどうか、それはまだ分からない。

まだ怖い。桐島くんと仲良くなるたびに、酔って彼を振り回すたびに、あの日の夜を思い出す。

彼もまた、頭から血を流してしまうかもしれない。そう思うと、幸せになりたいなんて思えなかった。

浜咲麻衣の過去を知ってしまい、彼女となんだか気まずい感じになった。

というよりも、僕が一方的に知っているだけなので、飲み会のときに浜咲麻衣がなにか話しかけてきても、僕は曖昧な返事をすることしかできなくなっただけなのだが。

つまるところ、僕が少しぎこちない感じになっただけとも言える。

「んーとろろ肉そばの……並で」

「えっと……鶏南蛮そばの並で」

注文を受けた店員が店の奥へと消えていく。

やたら細長いメニュー表を閉じて、僕は対面の席に座っている浜咲麻衣を眺めた。

平日、昼。授業と授業の間の昼休みの時間に、僕は浜咲麻衣と都内の蕎麦屋でランチをとることになった。もちろん彼女の奢りだ。

気まずいと言ったばかりなのに、なぜ浜咲麻衣と一緒に食事をしているのか。

午前の講義を受けていたときに、突然彼女から連絡がきて、断る理由もなかったので了承してしまったのだ。

しかし冷静になって考えると断る理由がないというのは本当だけど、行く理由も別にないんじゃないのだろうか。

まぁこうやって来てしまった以上はしょうがない。向こうの奢りだし別にいいや。

「ここのお蕎麦屋さん結構美味しいんだよ。学校からもそんなに離れてないけど、あんまり学生は来ないし」

浜咲麻衣がメニューを閉じて、上機嫌な様子で語る。以前僕が「他の学生に見られたくない」と言っていたことを覚えていたようで、その条件を加味したチョイスだったらしい。

「こういう店ってどこで見つけるの？　なに、休日に街ブラロケとかしてるの？」

「してないよ～普通にネットとかで調べて見つけたんだって」

クスクス笑いながら浜咲麻衣が答える。サークルの飲み会でも基本誰かに店を選んでもらっているので、その発想に至らなかった。

なるほどなと思いながらお茶を飲んでいると、注文した蕎麦が運ばれてきた。互いに「いただきます」と頭を下げて、蕎麦をすすり始める。

出てきた蕎麦は普通に美味しかった。僕は正直蕎麦よりうどん派なのだが、それでもこの蕎麦は思わず唸ってしまうほどの味だった。少しの贅沢をするならこんな店がいいのかもしれない。

「あ、あのさ。桐島くん……」

思ってたよりもずっと美味かったので心の中で「うめー！」と連呼しながら蕎麦を食べていると、浜咲麻衣が僕の名前を呼んだ。

ピタリと蕎麦をすするのを止めて、目線を前方に戻す。

浜咲麻衣が口元をむずむずさせて僕を見てきた。猛烈に嫌な予感がする。

「明後日の金曜日なんだけど、夜空いてる？」

「まぁ、空いてますけど」

「あの、お酒飲みに行かない？」

「えーっと」

絶対に何かある。絶対お酒飲むだけじゃすまない。

酒を飲みたいなら僕じゃなくて杉野先輩に言えばすむ話なのに、わざわざ僕に言うというのが分からない。それにただ飲みに行きたいならわざわざこんなとこまで呼び出す必要がない。普通に飲みに行こうとメッセージをとばせばいいはずだ。

既に半分以上減った蕎麦を見て僕はハッとする。なるほど、浜咲麻衣の仕込みは既に終わっていたようだ。

言うなれば僕は網にかかった魚だった。いや、茹で上がった蕎麦と言ってもいいだろう。あとは美味しく食べてもらうだけ。

「それで、僕はなにをすればいいんですか？」

飲みに行かないかという質問の答えとして不適切だが、浜咲麻衣は僕が察したことを察してくれたようで苦笑いを浮かべた。

「えっと、一緒に飲んでくれるだけでいいんだけど」

「どういう事情なんですか？」

そこから浜咲麻衣はポツポツと僕を呼び出した理由を語り出した。

以前からガンガンアプローチを仕掛けてくる男子がいて、最近とうとう断りきることができず、飲みに行こうという誘いを承諾してしまったのだ。

しかしこのままでは好きでもなんでもない男と二人で飲みに行くことになってしまう。

そこで浜咲麻衣は相手の男に対して「友達も誘っていい？」と提案したらしい。

男の方は男の方で、本当は嫌だと言いたかったのだが、初めてということもあり、やむをえず友達を連れてくることを了承してくれた。

「――で、僕は君のお友だちとして飲み会に参加すればいいってことだ」

話を聞き終えて僕は依頼内容を確認した。浜咲麻衣はなにも言わず頷く。

なんで僕がという感情しかなかった。

僕じゃ男よけにならないし、彼女を守るナイトにもなれない。浜咲麻衣は僕と違って交遊関係が広いのだから友達の女の子にお願いすればいいわけだし、それが無理なら杉野先輩にでも頼めばいいだろう。

確かに僕という存在は手軽に使えて便利かもしれないが、だからといって思ったとおりの活躍をしてくれるほど有能というわけではないのだ。

困ったなと思いながら浜咲麻衣の表情を窺う。

整った眉尻を下げて、僕を上目遣いで見てくる彼女。ふらつくほどの妖しいまなざしに僕はすぐに視線を逸らす。

チラッと視線を戻すと浜咲麻衣と目が合った。彼女は一呼吸置いた後、「……おねがい」とか細い声で囁いた。

耳をくすぐる甘い響きに、僕はグッと右手でズボンの生地を握りしめ、深く息を吐いた。

「今回だけは、付き合うよ」

＊

「俺ふつーに生かなぁ。まいまいは？　なに飲む？」

「あー私も生でいいかなぁ」

「あーい、じゃあ生二つで」

「生三つでお願いします」

注文に僕の分が含まれてなかったので、追加で注文する。

今日一緒に飲む影宮くんはどうやら僕の存在を意地でも認めたくないようで、先程から僕の方を見ないどころか認識しようとすらしない。

こんなあからさまに無視され続けるのは久しぶりだ。

まぁ無理もないだろう。浜咲麻衣が連れてきたのが、女友達だと思いきやこんな冴えない陰キャだったのだから。僕が影宮くんの立場だったら到底許せない。

「生三ツデース」

アジア人っぽい外国人アルバイトが気だるそうにジョッキを置いて、そそくさと離れていく。影宮くんが先に浜咲麻衣へジョッキを渡し、その後自分のジョッキを手に取る。この後の展開が僕には容易に想像できたので、残ったジョッキを手にとって乾杯することなくビールを流し込んだ。

一瞬、影宮くんが僕を見たような気がしたが、彼はその後すぐに視線を戻し、「おつかれー」と明るい調子で浜咲麻衣へジョッキをつきだす。

彼女も僕の奇行に若干戸惑いながらも「おつかれー」とだけ言ってきちんと乾杯をした。

「そういえばまいまいって一年の頃さぁ」

二人の会話を聞きながら僕は無心で酒を飲む。どうせ僕が金を出すわけじゃないんだ。何杯飲んでもいいだろう。それに僕の存在はなかったことにされてるのだから。

話によると影宮くんは元々テニサーのメンバーだったらしい。しかし浜咲麻衣の美貌のせいで内部崩壊してしまったテニサーは既に何人かの学生が名前だけ所属しているといった感じで、彼自身は今インドアスポーツのサークル、通称インスポに所属しているらしい。

僕への仕打ちに目をつぶれば、彼はまぁまぁの人間だった。服装もぺったんこシューズ、ベージュのチノパン、洋楽のアルバムジャケットみたいなシャツにペラペラカーディガン。文系大学生のお手本みたいな男だ。

チラリと浜咲麻衣の横顔を見る。影宮くんの明るい調子のトークに相づちをうち、ときおり手で口をおさえて上品に笑っている。

「それでさぁ、そう、話変わるんだけど……」

ただひたすら無心で酒を飲む。何度かおかわりしたかもしれないけど、もはや今が何杯目か覚えていない。

虚無(きょむ)への供物(くもつ)だ。味のしない酒を飲みながら、僕はひたすら壁(かべ)の木目を数えた。

＊

地獄みたいな時間もようやく終わった。浜咲麻衣が明日一限から講義があるとのことらしく、そのまま解散となったのだ。僕は早く帰れることに喜び、影宮くんは浜咲麻衣をものにできなかったので悲しんだ。

そしてとうとう、今日の飲み会で僕が認知(にんち)されることはなかった。

まぁ変に絡(から)まれるよりかはこっちの方がいい。居心地(いごこち)は悪かったけど、別にこの程度なら大した問題じゃない。

飲み会の途中で影宮くんがトイレへいったとき、浜咲麻衣が僕に配慮(はいりょ)して話しかけてくれたが、僕はなんともないみたいな顔で「大丈夫(だいじょうぶ)です」と返事をした。

実際なんとも思わなかった。相手はもちろんのこと、僕の方からも絡むことはなかったので、本当に何事もなく終わったのだ。

「……ん、誰だ？」

最寄(もよ)り駅までの道をひとりで歩いていると、不意にパーカーのポケットの中にあるスマホが震え出した。メールの着信とか、ゲームアプリからのお知らせではなく、長めの振動に僕は首をかしげながらスマホを取り出す。

スマホの画面を確認すると、やっぱり通話の着信だった。相手は浜咲麻衣だ。

なんだろうと思いながらも、僕はひとまず通話に出た。

「もしもし」

『もしもし？　桐島くん今日はお疲れさま、ほんとありがとう、助かったよー』

電話越しに聴こえてくる浜咲麻衣の声はなんだかテンションが高かった。厄介で面倒な用事が終わってハイになっているのかもしれない。

「ただ酒飲んでただけなんだけどね。まぁ役に立てたなら良かったよ」

『ほんと助かったよーそういえば今どこにいるの？』

「今？　あー駅に向かってる最中だけど」

『あ、そうなんだ。あ、あのね、もし良かったら、なんだけど。今から飲み直さない？』

「……明日早いんじゃなかった？」

『えー？　それはさぁ、ほら。ねぇ？』

「分かってるよ。でも、今日はやめといたほうがいいと思う。今の状態で飲むと多分ヘロヘロになるんじゃない？」

『そうかなぁ……じゃあコーヒー飲まない？　酔い覚ましに』

「……うん、コーヒーくらいなら」

『決まりだね、じゃあ今駅の東口の方にいるんだけど――』

急遽浜咲麻衣とコーヒーを飲むことになった。

通話を終了すると彼女から合流する店の位置情報が送られてくる。

なんとか酒を回避できた。なんとなくだけど、スマホから聴こえてくる声の感じから推測するにいいお酒になるとは思えない。

正直、慣れないことをしてもう疲れたし誰かと一緒にいることも疲れたので帰りたいという思いがあったのだが、わざわざ浜咲麻衣の方から電話をかけてきてくれたのだ。無下にするわけにもいかないだろう。

『これからも、お姉ちゃんと一緒にいてあげて』

歩きながら思い出したのはひと月ほど前の浜咲美咲からの言葉だった。

彼女曰く、浜咲麻衣は僕のことを特別な存在として意識しているらしい。

今までの男の人とは違う、ちょっと気になる存在なのだと思っているとのことだ。

確かに、浜咲麻衣がこんな僕に対して少なからず好意を抱いてくれているということは、さすがの僕でも気づいている。

でもそれは、異性としての好意ではない。もっと言うと好意ですらない。好奇心だ。だから、浜咲麻衣が僕のことを好きだなんてありえない話なんだ。動物園に来て、動物の飼育員に恋する人はいても、動物に恋する人は中々いない。ここで僕が先走って彼女と一線を越えようとすれば電気棒で叩かれるか麻酔銃で撃たれて安楽死させられるだけ。

上手く行くはずがないのだ。最初から分かりきっている。世界というものはそういう風にできている。

僕は浜咲麻衣を好きになってはいけない。それは彼女を初めて介抱したときから変わらない。変えてはいけない想いなのだ。

「頭いた」

酒を飲みすぎたせいなのか、ズキズキと頭が痛む。外気で冷えた体に痛みが走り、僕は顔をしかめながら合流場所へ向かった。

＊

合流場所に浜咲麻衣はいなかった。

というよりも彼女が指定した場所は某コーヒーチェーン店の前という奇妙なもので、近くに来ても彼女らしい美女を見つけることができなかった。なので僕は今一人店の前でスマホ片手に立ち尽くしている。

これは多分、うん、嵌められた。絶対そうだ。今頃きっと彼女はこっそり合流していた杉野先輩と一緒に、店の前でボーッとしている僕をスマホで撮影しながらゲラゲラ笑い散らかしているのだろう。

笑われるのはもう慣れたものなのでどうでもいいのだが、せめてもう帰ってもいいよと早めに伝えてほしい。単純に寒いんだ。

よし、あと五分だけ待とう。五分だけ待ってなにもなかったら「帰ります」とメッセージを送って帰ることにしよう。

それって結局五分だけと言いながら十分二十分くらい待つことになるんじゃないか――

「はい、お待たせ」

柔らかな声と共に、ピタッと頬に温かい感触が伝わってきた。

びくっとして振り向くとそこには浜咲麻衣がいた。おそらくコーヒーが入っているのであろうカップを二つ持っていたずらっぽく笑っている。

真正面で彼女の笑顔を見てしまい、僕は思わず目を逸らす。これ以上直視していたら色々口走ってしまうところだった。

「先に着いたから買っておいたよ。コーヒーにミルク、いるよね？」

「ああ、えっと、ありがとう。よくご存じで」

「桐島くん毎回これだったから。ちゃんと憶えてるよ」

なんだか上機嫌なご様子の浜咲麻衣からドリンクカップとポーションを受け取る。そのままテラス席へ移動し、適当な席に腰をおろす。

やたら背の高いイスはぎりぎり足が届くか届かないかくらいで、当然のことながら浜咲麻衣は足がついていた。

「今日はごめんね。無理言ってついてきてもらっちゃって」

浜咲麻衣がカップを傾けながら改めて僕に謝る。

本当は「全くだよ」なんて言って彼女を困らせたい気持ちはあるのだが、もう終わってしまったことだ。言ってもしょうがない。

とりあえず僕はコーヒーをちびっと飲んで、フッと自嘲した。

「奢ってもらったからいいんですけど……ちょっと思ったことを聞いてもいいっすか」

「ん？　どうしたの？」

「その、いくら僕の存在が邪魔だからって、狙ってる女性の前でああいう態度をとるのは、その女性にとってプラス評価になるものなのかな」

通りを眺めながらの僕の疑問に浜咲麻衣はカップを持ったまま固まり、やがてプッと可愛らしく噴き出した。肩を震わせてクスクスと笑い、僕を見つめてくる。

「そんなの決まってるじゃん。0点だよ」

彼女が笑いながら答える。「そりゃそうだ」と言って僕はコーヒーを飲んだ。

「あんなことしておいてなんで次があると思ったんだろうね。むしろよく途中で帰らなかったなって思う。桐島くん、怒って帰っても良かったんだよ？」

「もちろんそれは考えたけど、まぁでも、それは向こうが望んでることだったからね。嫌がらせのために堪えようって」

そう、最初こそダルって思ったけど、きっと相手はそういう態度をとって僕を追い出したかったのだろう。残念ながら僕の無神経さが災いしてその作戦は失敗したわけなのだが。

「そっか、それならしょうがないね。でも、それなら私と一緒に帰っても良かったんだよ？」

「……君と一緒に？　僕が？」

「そう、私のこと、腕引っ張ってグイッて」

「僕が君の腕を？」

「うん、桐島くんが」

「それは、考えになかったな」

コーヒーに息を吹きかけながら素直に言葉を返すと、浜咲麻衣は少し不満そうに口を尖らせた。

その考えは本当になかった。そんな少女マンガの主人公みたいな、強引な振る舞い。僕にできるとは思えない。

それに、僕は多分怖かったんだろう。抵抗をしたら相手がどんなことをしてくるか分からなかったし、もしも暴力沙汰にでもなったらきっと堪えられない。だから僕は我慢することを選んだ。我慢さえすれば、その場はきっと収まるだろうから。

「やっぱり、桐島くん達との飲み会の方が楽しかったな」

浜咲麻衣もまた通りを眺め、感慨深げにぼやく。

確かに、今日はどっぷり疲れた。もしかしたら虚無への供物だったのは僕だけじゃなかったかもしれない。

とはいえそんな飲み会も今回で終わりだ。付き合うと約束したのは今回限りだし、浜咲麻衣だって不毛な飲み会を重ねたいとは思わないだろう。

「でも良かった。終わった後こうやってコーヒー飲みながら愚痴言い合えたし」

「それは……そうだね。確かに、せめてもの救いかも」

「でしょ？　もし次があったらおんなじように終わった後コーヒー飲まない？」

「そもそも次がないことを願うよ」

フッと笑って言葉を返し、僕はコーヒーを口に運ぶ。酸味と苦みの中にほんのりとミルクの甘みがあって、いつの間にか頭痛は消えてなくなっていた。

＊

浜咲麻衣のお供は一回で終わらなかった。

例の影宮くんと飲みに行ったことをキャッチした男子学生らは、それならば俺もとわらわら集まり、浜咲麻衣へアプローチをかけたのだ。

一人の特例を認めてしまった浜咲麻衣としては、他の男子の必死なお願いを無下にすることもできず、食事だけならと渋々(しぶしぶりょうしょう)了承したらしい。

そして、最初のときと同じように友達も連れてきたいとお願いしたのだ。

だからってなんで僕が駆(か)り出されなければいけないんだ。

もちろん僕は断った。そもそもそんな用事に付き合うのは一回だけという約束だったし、浜咲麻衣も了承してくれたのだから、断ったとしてもおかしいことはなにもないはず。

だというのに、僕は二回目も三回目も付き合わされたのだ。

二回目は街を歩いていたときに偶然（ぐうぜん）出会い、一緒に飲もうと無理矢理つれていかれた。一応そのときは浜咲麻衣の友達の女子もいたので、居心地は少し悪いくらいだったけど。

三回目は学校にいるところを拐（かどわ）かされた。このご時世に。さすがにあれだったので三上（みかみ）先輩にＳＯＳを出して回収してもらった。

まぁそんなこんなでここ数日は浜咲麻衣に振り回され、僕は疲弊（ひへい）しきっていた。知らない人と無理矢理お酒を飲まされ、時に無視され、時に弄（いじ）られ、僕の心はもうヘトヘトだ。

「今週はドッと疲れたな……」

ようやくなにもない休みの日が訪（おとず）れ、ワンルームの部屋でぐったりと横になる。

今年は中学校の同窓会があったらしい。

急になんのことかと思うが、母からの仕送りがきたのでお礼を兼（か）ねた報告をしようとしたところで、なんかそんなメッセージを見つけた。

成人式が終わったらクラスのみんなで集まって飲もうという話だったのだ。

母の話によると一応僕の方にも出欠確認の電話がきたそうだが、僕は全く知らなかった。

いや、たとえ知っていたとしても同窓会なんて行かなかっただろう。そんな勇気はなかったし、もう何年も経（た）ってるのだから関係性も変わってるはずなんて思えるほど僕は前向きな人間じゃないのだ。

それに、クラスの皆と会いたいとも思えなかった。会いたくなかった。

僕にとって未来は暗いもので、過去は存在しないものだ。思い出すのは恥ずかしいこと、惨めなことばかりで、ふと夜になんでもないことがきっかけでそれを思い出して気分が悪くなる。

嫌だという思いが強ければ強いほど鮮明に思い出す。僕はその度に頭の中の景色にハサミを入れて、ズタズタに切り刻む。

僕には今しかない。それだって特に大事にしているわけじゃないけれど、できればこの今をこれまでの過去みたいになかったことにしたくないので、自分が傷つかない選択をするしかないのだ。

たとえ他人を傷つけることになっても、僕は僕が救われる道を選ぶ。そうありたい。

こんなポリシーも所詮はごまめの歯ぎしりで引かれ者の小唄だけど、そういう歪な生き方しかできないのだ。

そんな——いわばどうにもならないことを、どうにかしようとして、とりとめもない考えをたどりながら、さっきから朱雀大路に降る雨の音を、聞くともなく聞いていたのである——とまではいかないが、それに近い感情だった。

大学終わりで、映画館でのバイトも休みで、一人暮らしのアパートで過ごす休日。友達がいない僕は誰かと遊ぶなんてことはできないし、話し相手もいないので、授業で出された課題だって終わらせようと思えばさっさと終わらせられる。

本当にやることがない。映画もドラマもアニメも観る気分じゃないし、ゲームだってそんなに。ネットのまとめ記事を読んだり、そういう気分でもないのにアダルトビデオをボーッと観たり、結局疲れてるからと自分に言い訳したり、過去の嫌なことが噴出して頭を抱えたり、あまりにも怠惰で退屈な時間が流れ、とうとう日が落ちてしまったのだ。

憂鬱な気分で天井を見上げていると不意に、近くに置いていたスマホがブーッと震えた。寝転がったまま確認すると、杉野先輩からメッセージが届いていた。ロックを解除して内容を確認する。

『今からここ来て』

簡潔なメッセージの後にＵＲＬが送られてくる。アクセスして確認すると、とある焼肉屋のホームページに繋がっていた。

いつもの唐突な呼び出しだ。一分くらい画面を眺め、僕はとりあえず起き上がった。

「めんどくせぇなぁ」

呟きながら服を着替える。別に必ず行かなければいけないわけじゃないのだが、行かなかったらそれはそれで後が面倒なので、行かなければいけない。

それに、どうせ暇だし。

いつもの当たり障りのない服に着替え、斜めがけのショルダーバッグを引っ張りあげる。財布と移動中の暇潰し用の小説が入っていることだけを確認し、玄関へと向かう。

「あースマホ」

靴を履きかけたところで忘れ物を思いだし、リビング兼寝室へ戻る。

床に放置されていたスマホを拾い上げ、念のためもう一度店の場所を確認する。

都内のどこにでもあるような駅の近くにある焼肉屋。そういう店を選びたがらない杉野先輩にしては珍しいなと思いながら、僕は再び玄関へ向かい、靴を履いた。

*

結論から先に言うと、杉野先輩に騙された。

指定された店へ向かうと、店の前に浜咲麻衣がいたのだ。知らん男と一緒に。

浜咲麻衣はいつものおしゃれな格好をしていた。

淡い水色のコートは、袖や襟にやたらとふわふわなファーがついている。バッグはいつものとあるブランドのものだ。

対する男の方は結構にカジュアルな格好をしていた。

黒のデニムジーンズとブーツ、紺色のチェスターコートに白とグレーのチェック柄のストールを巻いている。銀縁の丸眼鏡をかけていた。肩口まで伸びたパーマのかかった髪型と落ち着いた髪色。普通の大学生だ。

「えーっと、杉野先輩に呼び出されたんだけど」

とりあえず驚き顔の浜咲麻衣に事情を説明する。彼女は自分のスマホを確認すると「あー」と言って何度もゆるくうなずく。

「そう、だったんだ。そっか杉野先輩が、うん」

「えっと？　つまりどういう……」

「ううん、気にしないで。門脇くん、この人、私と同じサークルの桐島くん。杉野先輩の代理で来てくれたの」

浜咲麻衣が僕の疑問を無視して話を進める。わざわざ紹介してくれたのだから流すこともできず、僕は門脇くんとやらに「どうも」とだけ言って軽く頭を下げる。

「どうも、門脇勇です。経営学部二年、よろしく」

門脇くんがニカッと笑って僕の手をつかみ、無理矢理握手をしてきた。どうやら今回は無視をしない方向らしいのだが、しかしこの距離感はどうなんだろう。めんどくさい。

僕は門脇くんの握手に無理矢理応じさせられながら、「どうも」ともう一度挨拶をする。

「じゃあ人数揃ったことだし行こうよ。二人とも焼き肉好き？」

握手を終えると途端に門脇くんが仕切り始めた。まぁ浜咲麻衣を誘ったのは彼で、僕は杉野先輩に騙されるような形で来てしまっただけなので、別に仕切ってもらっても全然構わないのだが。

三人で談笑しながら目的地へと向かう。と言っても目の前のビルのエレベーターに乗るだけなので、店は目の前だ。『銀獅子』という名前の焼肉屋だ。狙ってる女子との最初のデートで焼き肉はどうなのかと一瞬思ったが、まぁ元々三人の予定だったのだ。なにも問題はないだろう。

エレベーターが到着し、扉が開く。人気の店らしく僕ら以外にも当然利用者がいて、続々と見知らぬ人間達がエレベーターへと乗り込んでいく。

最初から三人というより二人と一人という距離感だったので、当然ながら僕だけ人の壁に遮られ、エレベーターに乗り遅れる。二人がキョトンとした顔でエレベーターの外にいる僕を見ていたので、大丈夫だと言わんばかりに軽く手を振った。

「あー先に」

「すいません、降りまーす」

先に行っててくれと言おうとしたところで、門脇くんがエレベーターから降りた。浜咲麻衣もちょっとびっくりしながらもそれに続いて降りてくる。

今度は僕がキョトンとする番だった。なんで、なんで降りたの。

「どうせお店三階だし。みんなで階段で行こうよ」

人懐っこい笑顔を見せて、門脇くんが階段へと向かう。

まさかとは思うが僕に気を遣って降りてくれたのだろうか。いや、まぁたぶん違うだろう。浜咲麻衣に気遣いできる自分を見せたかったからそうしただけだ。

とはいえだ。目的はどうであれ僕を独りにしないように動いてくれたのは多少なりともいいなと思わなければいけない。

門脇くんはこれまで飲んできた男達とはひと味違う。浜咲麻衣と談笑しながら階段を上っていく彼を見上げ、僕は警戒心を強めつつも、心のどこかではわずかに安堵していることを自認した。

店には最初に門脇くんが入り、次に浜咲麻衣、最後に僕が入る。事前に予約を取っていたようで、特にもたつくことなくスムーズに席へと案内される。

個室風のテーブル席だった。奥の席に門脇くんが座り、僕は彼の正面の奥の席に座る。

最後に浜咲麻衣が僕の隣、通路側の席に座った。彼女が着席すると門脇くんは自分の荷物を奥の席に置いて、自分は通路側の席、つまるところ浜咲麻衣の正面につく。

一連の動きを見ながら僕はなるほどと納得する。基本的な動きなのか、遊びなれている人間特有のものなのか僕には分からないけど、少なくとも門脇くんのムーブはわりとスムーズで違和感がなかった。

「桐島くん、コート、いいかな？」

門脇くんの動きに感心していると、隣の浜咲麻衣が僕にコートを差し出してきた。なんでって一瞬思ったけど、伊達に僕も三上先輩たちと飲んでいるわけじゃない。「ああ、もちろん」となるべくスマートに答え、彼女からコートを受け取ってハンガーにかける。

いい感じに気を遣えたなと思いながらも、頭の片隅で僕の無意識が「そもそも相手から言われる前にかけてやれよ」とツッコミをいれてきた。うるさいな、分かってるよ。

そんな風に頭の中で僕自身とやりとりをしていると、さっきかけたはずのコートが僕の頭の上に落ちてきた。かけ方が甘かったらしい。

「わっ！　ごめんね桐島くん、大丈夫？」

「いや、こっちこそ申し訳ない。かけなおすよ」

コートが頭に覆い被さったとき、僕の意識は浜咲麻衣のコートの匂いでいっぱいになったが、もちろんいつまでもその状況(じょうきょう)を堪能(たんのう)するわけにはいかない。ていうか本人を目の前にコートの匂いを嗅(か)いでいられるほど僕(ぼく)の性癖(せいへき)は尖っていないので、すみやかにコートをひっぺがしてかけなおす。

「おーいいな。浜咲さんのコートどんな匂いだった？」

僕がコートをかけなおしていると、門脇くんがにやにやしながら話しかけてきた。そういうこと言っちゃう人なのか。

初対面の人間にそんなこと聞いてくるなんて。彼の距離の詰(つ)め方(かた)に僕は面食らいながらもどうにか顔に出すことはせずに質問に答える。

「あーあれですね。上品な甘い匂いでしたよ」

「ちょっとっ！　なに普通に答えてるの！」

「上品な甘い匂いかぁ、俺も嗅いでいい？」

「いいっすよ」

「ダメだからっ！　勝手に取引しないでっ！」

浜咲麻衣が慌(あわ)てて止めに入り、少しだけ場が和(なご)む。

その後も適当なやりとりをしながら僕達は最初の注文を済ませる。ありがたいことに今回は無視されることはなかったので、僕は自分で生ビールを頼まずに済んだ。

まぁその程度のことで喜ぶような人間ではないけれど、ひとまず最初の回よりかは多少ではあるけれど、居心地がいい。

油断するなよ——僕の中にある猜疑心が警告する。向こうは僕のことをよく思ってないに決まってる。なにせそもそも女の子二人と男一人の予定だったんだ。それが逆になり、しかも参加したのは冴えない陰キャの男。向こうからしたら脅威ではないが邪魔以外の何者でもないだろう。今は大人しいが酒が進めばまた変わってくるはず。

間違っても気を許しちゃいけない。注文した生ビールの中ジョッキを受け取りながら、僕は心の中の冷えきった領域を広くしていく。

「よし、それじゃ乾杯しよっか。おつかれ〜」

「おつかれ〜」

「おつかれさまです」

三人でグラスを突き合わせ、僕は少しだけ控えめにビールを流し込む。一方門脇くんはゴクゴクと飲み進めていき、最初の乾杯でもうほとんど残っていなかった。浜咲麻衣は意外にも半分ほど飲み進めていた。

「いやぁ、にしても浜咲さんと飲めるなんて思ってもなかったから、すげぇ嬉しいわ」

手始めに門脇くんが浜咲麻衣の希少性に言及した。どうやら彼女は我々のサークルに入ってから他の飲み会にほとんど参加していないらしい。

それにしても一緒に飲めて嬉しいよと面と向かって好意を示すなんて、僕にはできない芸当だ。よっぽど自分に自信があるのか、そこまでして浜咲麻衣を振り向かせたいのか。たぶん、両方だ。

「えーなにそれ？　そんな嬉しいことでもないでしょ」

「いやいや、マジで嬉しいって。ほら、浜咲さんって二年になってからこういう飲みとか中々来ないし。レアキャラだよ」

「そんなことないよ」

グイグイと攻めてくる門脇くんに対して、浜咲麻衣はとってもクールだった。上品な微笑みを崩さず、お酒を飲みながら門脇くんの言葉を巧みにいなし、受け流している。

僕が彼女の立場だったら舞い上がってテンパるか、しどろもどろになるかだ。これまでそんな扱いを受けたことがないので想像できないけど。

「ねぇ、普段飲んでるときの浜咲さんってどんな感じなの？　桐島くん知ってるっしょ？」

楽しそうだななんて思いながらのんきにビールを飲んでいると、門脇くんが突然話を振ってきた。

まさか会話に交ざることになるとは思ってもいなかったので、僕はジョッキを口の前に構えたまま固まってしまった。なに、なにが知りたいの。

「桐島くん？　あの、あれだからね？　変なことは、言っちゃだめだからね？」

僕に助け舟をだすかのように、浜咲麻衣が声をかけてくれた。ちらりと彼女の方を見るとちょっとだけ焦っているような気がして、僕はようやく門脇くんからの質問を理解する。

「そんな言い方すると、まるで変なことがあったって言ってるようなものだけど」

お得意のというかワンパターンの僕の揚げ足取りトークに浜咲麻衣が口をイッてした。この人はわりとそれで自滅するケースが多い気がするんだが。

「なになに？　変なことって？　すげぇ聞きたい」

いつの間にか二杯目のジョッキを握りしめ、門脇くんが身を乗り出して話を催促してくる。仕方がない。僕も最低限の社会性は持ち合わせていると自負している。ゆえにここで浜咲麻衣の恥ずかしい話をしないわけにはいかないのだ。もし僕がここで彼女を庇って適当な話をしてみろ。最悪の空気になるのは火を見るより明らかだ。

僕はひとまず、夏にあったサークルの飲み会での出来事を語った。

酒豪である杉野先輩の酔いつぶれる姿が見たいと思った僕と浜咲麻衣は共同で先輩を罠にはめた。ある程度普通に飲ませてから強めの酒をミックスさせたものを飲ませて、一気に潰すという作戦だ。

いくら酒に強い先輩でもこれを飲ませれば。そう思って作戦を実行へと移した。

途中までは順調だった。先輩もいい感じに飲み進め、酔い始めたので、僕は浜咲麻衣へとサインを出したのだ。仕込んだ酒を出すチャンスだと。

作戦の流れはこうだった。浜咲麻衣が例の酒を注文する。僕と杉野先輩にその酒が届く。二人でそれを飲む。当然僕の方に運ばれてくるのは普通の酒だ。なにも知らない先輩はそれを飲んでぶっ倒れる。

だが、その作戦は浜咲麻衣が思ったよりも酩酊したことにより、見事に頓挫してしまった。

まず僕がサインを出しても注文をしない。お酒を飲みながら「エヘヘヘヘ」と笑っているだけだ。

仕方なく僕が注文する。ブッ飛ぶほどのハイパワーな酒が運ばれてくるのだが、僕と杉野先輩の二人へ出されたところを見て、浜咲麻衣がブー垂れはじめた。

「なんで二人だけ同じやつなんですかぁ？　わたしのわぁ？　わたしのぶんっ！」

正気かこの女と僕が思った矢先、ぷんぷん怒りはじめた浜咲麻衣があろうことか杉野先輩が飲もうとしたお酒をぶんどり、ガッと喉に流し込んだ。

ヤバいと思った瞬間、居酒屋のクルクル回っているおしゃれ照明に、ブーッと毒霧を噴きつけてそのままの勢いで後ろへとぶっ倒れる浜咲麻衣。既に酔い潰れて爆睡している三上先輩。白目を剥いて倒れる浜咲麻衣を見て爆笑している杉野先輩。僕はなにも仕込まれていない普通のお酒を飲みほし、爆笑している杉野先輩に「救急車呼びます？」とだけ訊ねた。

「……っていうことがあって」

「マジで⁉　そんな面白いことあったの⁉　いや、まぁちょっと引いちゃったけど。やべえなその飲み会」

「桐島くん！　なんでよりによってその話！　白目剥いてたとか言わなくていいから！」

「それからしばらくうちのサークルのグループのアイコンこの人が白目剥いてぶっ倒れてるところだったからね」

「それも言わなくていいから！」

「えーちょっとその画像ほしいかも」

「絶対だめ！　ていうかなんで消してないの⁉　消してって言ったのに！」

もーひどいよ、なんて言いながら浜咲麻衣はお酒を飲み進めていく。門脇くんはちょっと引いたからなのか酒を飲むペースが緩んでいた。大分ポップな話なんだが。

「えーていうかなんだよ。すげぇ楽しそうじゃんそれ。うわいいなぁ」

門脇くんが笑いながら肉を焼いていく。確かに話として聞く分には面白いけど、後処理をしなければいけない僕としては地獄だった記憶がある。

まぁしかしだ。これでこの飲み会での僕の役割は終了したといっても過言ではないだろう。僕の話ではないけれど面白エピソードトークで場を盛り上げたし、緊張も緩和できた。あとはもうただひたすら聞く側に徹していればいいだろう。

もう一杯ビールを注文して、僕はひとまず門脇くんと浜咲麻衣の話を聞くことにした。

飲み会が始まってから一時間ほど経過しただろうか。僕は主に酒を飲みながら時々余った肉をもらい、二人との会話に適当な相づちをうってどうにかやり過ごしていた。

相変わらず居心地は良くないけれど、別にただそれだけだ。いつもどおり僕はコミュニティから外れた人間として振る舞えばいいだけ。

すなわち、相手を不快にさせないこと。僕はひたすら影に徹して、その存在感を薄くしていた。

「ごめんなさい、私ちょっと……」

浜咲麻衣が席を立ちテーブルから離れる。化粧用のポーチを見て僕はなにも言わず酒を飲み、門脇くんはにっこり笑って「ごゆっくりー」と声をかけた。

「……」

「……」

僕と門脇くんの間に沈黙が生まれる。仕方がない。所詮僕たちは浜咲麻衣という巨大な天体の周りを公転している衛星に過ぎないのだ。いくら彼が善人だったとしても限界はある。初対面の人間との間で沈黙が生まれるのはなんら不思議じゃない。しかも相手が僕のような冴えない地味な男子という、全く興味が湧かない存在ならなおさらだ。

「なぁ」

僕は沈黙なんてさほど苦でもないのだが、向こうは違ったらしい。焼けた肉をトングで取りながら、僕に話しかけてきた。

珍しいこともあるものだと、僕はジョッキを置いて門脇くんの方を見る。

彼は先程の気さくな表情からうって変わって、ひどく冷たい顔をしていた。

「もう結構楽しんだだろ？　そろそろさぁ、消えてくんない？」

あっけらかんとした感じで放たれたその言葉に、僕は口をつぐんだ。

ああ、やっぱりだ。どうせそんなことだろうと思っていた。思ってはいたけど——せめて、一次会くらいは我慢できないもんかね。

「なぁ、分かるだろ？　こっから先は邪魔なんだよ。なんか適当に用事つくってさ、どっか行ってくれよ」

カチカチと、門脇くんがトングを鳴らす。僕は彼の言葉を、彼の行動をどこか他人事のように冷めた目で見ていた。

「なんとか言えよ」

僕が無反応なのがひじょうに気に喰わないようで、門脇くんはさらに苛立ちを募らせ、テーブルの脚をガッと蹴り、ずいっと身を乗り出してくる。

僕は左手でぎゅっとズボンを握り、おずおずと口を開いた。

「別に帰ってもいいけど、そう簡単にいくかな。あの人、そんなにバカじゃないし」

「あ？」

僕の返事はお気に召すものではなかったらしい。眉間にシワを寄せ、門脇くんが僕を睨み付けてくる。カチカチと、トングを鳴らしている。まるで威嚇だ。

「関係ねぇだろ。つかなに？　お前あの子のなんなの？　ただ偶然サークルが一緒だっただけだろ？　しゃしゃり出てくるんじゃねぇよ」

僕だって好きでここにきたわけじゃない。騙されたんだ。大体関係ないのはそっちも同じじゃないか。

「なんだよ、もしかしてお前もあの子狙ってるわけ？　え？　マジで？　マジかよ！　冗談は顔だけにしろって！　ありえないだろ！　同じ席で飲めるだけでも奇跡なのに！　俺が無理なんだったらお前は一生無理だって！　ていうかチャンスなんてねぇんだから！」

門脇くんの罵倒がヒートアップしていく。反比例するように僕の心が冷めていくのは、自己防衛の本能が働いているからだ。今はまだ話を聞けているけど、たぶんもう少しで声すらもシャットアウトするだろう。

門脇くんが言っていることは、あまりにも正しい。

僕が浜咲麻衣を落とすなんて一生無理だし、そもそもターンが巡ってこない。なにせ僕は冴えない陰キャで、偶然サークルが一緒だった存在に過ぎないのだから。

僕と浜咲麻衣は友達ですらない。ないけれど、それでも僕は彼女の忌むべき過去を知っている。

「あのなぁ、申し訳ないが、門脇くんに浜咲麻衣の疵をどうにかできるとは思えなかった。

「あのなぁ、この際だから言っとくけどあの子がてめぇと同じサークルに入ったせいで、他の奴も狙いづらくなってんだよ。分かる⁉　てめぇみたいな身のほどを弁えない奴がいるだけで周りはいい迷惑なんだよ！　だいたいてめぇみたいなキモい奴に張りつかれてあの子もいいめいわっ」

バチンッと叩きつけるようにビールが飛んできた。

お酒の臭いが空間いっぱいに広がる。門脇くんは頭からビールをかぶっていて、銀縁の眼鏡はびしょ濡れで丁寧にセットした髪も台無しだ。

ビールが飛んできた方向へゆっくりと首を動かすと、そこには空っぽになったジョッキを持って怒りに震えている浜咲麻衣がいた。

思いっきり眉間にシワを寄せ、唇をワナワナと歪ませている。彼女が怒っている顔を見るのは初めてだ。

「ちょっといきなり——」

門脇くんが髪からビールをポタポタと垂らしながら口を開こうとしたところでバシャンッともう一杯、今度はコークハイがぶちまけられる。つけあわせのレモンがべちっと彼の肩に落ちた。

一瞬で凍りつく店内。浜咲麻衣だけがグラグラと怒りを噴き出している。

ガンッと空になったジョッキをテーブルに叩きつけ、浜咲麻衣がバッグから財布をとりだし、一万円札を門脇くんの前に勢いよく置いた。

「コート」

浜咲麻衣が誰かになにかを言っている。僕は彼女の抜き身のナイフのように鋭い横顔を見ながら、やっぱり呆然としてしまう。

「コート！」

浜咲麻衣が叫ぶ。そこで僕はようやく彼女が自分のコートを欲していることに気づき、おずおずとコートを差し出す。

乱暴にぶんどられると思ったが、意外にも浜咲麻衣は普通にコートを受け取った。

「帰ろう」

短く言葉を発して、空いている手で浜咲麻衣が僕の腕を引っ張る。彼女の顔を見上げると、さっきまで怒っていたはずなのに、今はなんだかひどく悲しそうな顔をしている。もう帰ろうと、小さな子供が駄々をこねて親を連れ出そうとしているみたいだ。

僕はひとまずうなずいて、早歩きで前を行く彼女についていった。

＊

「ちょっと！　ちょっと待ってくれって！」

店を出て通りを歩き、駅の地下入り口へと入ったところで、僕は限界だとばかりに浜咲麻衣に掴まれていた手を振りほどいた。

僕は彼女より背が高いのだが、彼女は僕よりもずっと脚が長い。大股でガツガツ歩かれたら僕はもう半ば駆け足ぎみで追いかけていくしかないのだ。

いきなり走ったから息が荒い。大きく深呼吸をすると地下の淀んだ空気が肺の中で蠢いて不快感に襲われるが、どうにか気持ちを落ち着けることだけはできた。

自分の気持ちもようやく整ったことで、僕は浜咲麻衣を見ることができた。彼女は顔を伏せたまま佇んでいて、艶のある長い髪が顔を覆っているせいで表情が窺えない。

「……なんで」

顔を伏せたまま浜咲麻衣が声を絞り出した。今にも泣き出しそうなか細い声だ。

「なんであんなこと言われてるのになんにも言い返さないの！　あんな、あんなひどいこと言われて悔しくないの⁉　私は悔しかったよ！　めちゃくちゃ腹立った！　なんなのアイツ！　桐島くんのこと、なんにも分かってないくせに！　それなのにあんな！　あんな……あんなの……酷いよ」

最後には嗚咽混じりになり、また彼女が顔を伏せる。

浜咲麻衣は怒っていた。暴言を吐いた門脇くんに。それを黙って受け入れていた僕に。

そんなに怒らなくてもと思ってしまった。門脇くんがかわいそうとかそういうことじゃなくて、単純に君がそんなに怒ることじゃないと、そう思ったのだ。

だって僕は、君に怒ってもらえるほど価値のある人間じゃない。

少し反論するだけでも手が真っ白になるほどズボンを握りしめて覚悟を決めなきゃいけないくらい弱虫なんだ。

なにか意見を、反論をするだけで舌の根が渇く。緊張して吃音気味になる。

普段は先輩たちに皮肉や暴言ばっかり吐いているのに、門脇くんみたいなのが相手だと嫌みひとつ言えなくなるんだ。

暴力に対して鈍感なふりをしているのに、殴られるのが怖くて、なにも言い返せない。

僕は弱くて悲しくて、守られる価値のない人間なんだよ。

「仕方ないよ。前にも言ったけど、僕はそういう役回りの人間なんだ。悔しいし、傷つくし、苦しいけど、堪えなきゃいけないんだ。堪えて忘れてしまうのが一番簡単なんだよ」

僕の諦めの言葉に浜咲麻衣がゆっくりと目をそらす。駅構内の壁に背中を預け、手で顔を覆い――

「グスッ、スン……」

静かに泣き始めた。

「ちょっ！　ちょっとっ！　ええっ？　いや、なんで」

なんで、浜咲麻衣が泣くんだ。

僕がただ罵られただけなのに、いつもみたいに虐げられただけなのに――どうして関係ない浜咲麻衣が涙を流すのか。

そもそもこんなところで泣かれたらまるで僕が泣かしてるみたいじゃないか。

「だって、桐島くんが泣かないから……本当は辛いはずなのに、苦しいはずなのに。全然泣いてくれないから」

だから私が泣くの。浜咲麻衣はそう言って僕の前でグズグズと泣きじゃくる。

僕はどうすることもできず、ただ彼女が泣いている姿に呆然としながら立ち尽くす。

まるで僕が泣かしているみたいだと思っていたが、その通りだった。僕の弱さが浜咲麻衣を泣かしていた。

僕が情けなくて惨めで弱い人間だから、彼女が泣いてしまったのだ。

優しい人は残酷だ。感受性が高い人は乱暴だ。高校生くらいからだろうか、僕はずっとそう思っていた。

誰かに優しくできる人は、いとも簡単に人を慰める。それが優しくされた人にとって痛みになることも、弱さへと繋がってしまうことも気にせず、平気な顔で笑いかけてくる。

最悪だと思った。その優しさに対して素直に応えられない自分が、恥ずかしくてしょうがなかった。

今すぐ消えてしまいたいと、優しくされる度にそう思ったんだ。

感受性が高い人は、すぐ人の痛みに同調する。その痛みが分かっていたとしても、そうじゃなくても関係ない。彼らはそうやって人に寄り添うことを至上の喜びとしているのだ。最悪だと思った。その慈しみを素直に受け入れられない自分は社会から外れた存在なのだと忌避した。同情を許すことができなくて、まるで自分が醜い獣になったような気分になるんだ。

だから僕は、今目の前で泣いている浜咲麻衣に対して嫌悪感すら抱いていた――はずなのに、彼女が静かに涙を流す姿を見て、僕は本当に心が温かくなった。

温かくなってしまった。

僕のために泣いてくれる人間なんて一生現れないと思ってたから、僕は素直に嬉しいと思ってしまったんだ。

「あの、えっと三分、いや五分だけ待っててくれる？」

マンションの自室から顔だけ出して、浜咲麻衣（はまさきまい）が申し訳なさそうにお願いしてくる。

当然僕の答えは「分かりました」だ。別にせかす必要もない。

「ごめんね、すぐ済むから」

浜咲麻衣が笑ってドアを閉めた。オートロックだったようでバタバタとした足音と同時にガチャリと鍵（かぎ）が締（し）まる音が聞こえる。

ただ待つだけの時間が訪れ、僕は部屋の前の通路の壁によりかかった。

「……まいったな」

僕は今、浜咲麻衣のマンションに来ている。

あれから泣きじゃくる浜咲麻衣をどうにか宥（なだ）め、ようやく泣き止（や）んでくれたところで、じゃあ今日はもうそのまま解散しますかという話へと持っていこうとしたのだが、あろうことか彼女のほうから「飲み直したい。私の家で飲もう」と提案されたのだ。

さっき僕のために泣いてくれた手前、提案を却下することもできず、ここまで来てしまったが、本当によかったのだろうか。

興味がないといえば嘘になる。僕は地味で不細工な根暗だけど、れっきとした男だ。女子の部屋なんてめっちゃ見たいし、浜咲麻衣みたいな美女に「私の部屋で一緒に飲も？」なんて誘われたら悪い気はしないどころの話じゃない。多分変にニヤついて、その顔を見られて「あ、やっぱ……」と言われるくらいだろう。そうなってしまうくらいには嬉しい。

ニヤつかなかったのは日頃の無表情の訓練のおかげだ。

それに期待だってする。一人暮らしの部屋に男を誘うなんて、つまりはそういうことなんじゃないかとほんの少しだけ思ってしまう。自意識過剰だと言われたらそれまでだが、それでも少しだけドキドキしている自分がいるのも嘘じゃない。

僕も案外浜咲麻衣を狙っている男達と大差ないんじゃ、と悲しくなってくる。

だけど、同時に大丈夫なのだろうかとも思う。

浜咲麻衣の過去から邪推するに、プライベートな空間で少し手を伸ばせば体に触れられる距離だ。否が応でも忌々しい記憶がフラッシュバックするんじゃないのだろうか。

もしそうなったら、僕は終わりだ。社会的に抹殺されるし、今度は僕自身に大きなトラウマが刻まれることになるだろう。

まぁ今までだってそれなりに近い距離で座っていたことだってあるし、そもそもさっきは僕の隣に座ってたわけだし、僕のほうから積極的に触らなければ大丈夫なはずだ。

でもそれって自他ともに認める対象外である僕にとっては要らない心配なのでは——悲しい現実に気づいたところで、浜咲麻衣の部屋のドアが少し開いた。

「ごめんね、お待たせ」

浜咲麻衣がひょこっと小さな顔を出して、さらにドアを開けてくれる。僕は「どうも」といつも通りの返事をして彼女の部屋に入った。


浜咲麻衣の部屋は彼女の匂いでいっぱいだった。いや、こんな言い方をするとひどくマニアックになってしまうのだが、本当にそうなのだ。香水由来ではない、女の子特有の匂いがする。冷静になって考えれば、ここは浜咲麻衣が暮らしている場所なのだから彼女の匂いがするのは当たり前なのだが、残念ながらそれに気づけるほど、今の僕は余裕がない。

「ごめんね、ちょっと。ちょっとだけ散らかってて」

浜咲麻衣が照れるように笑いながら廊下を歩いていく。そう、廊下があるのだ。僕の部屋には廊下なんてものはないというのに、彼女の部屋には廊下がある。

浜咲麻衣の部屋は端的に言うと1LDKだった。玄関があって、すぐ近くに洗面所とバスルームがあって、ちょっと短いけれどちゃんと廊下があり、途中にトイレがある。そして廊下の先には彼女のキッチン兼リビングルームがあった。右側にキッチン、中央にソファとテーブルが置かれてる。観葉植物とかドレッサーとか本棚とか他にもそれなりに家具が置いてあるというのに、あまり窮屈さを感じないのは多分部屋そのものが広いのだろう。なにせ1LDKだ。温かみがある感じも相まって家具が少ない僕の部屋はまるで独房だ。

ちなみに彼女の寝室兼私室への引き戸は閉まっていた。まぁ普通はそうだろう。別に興味はない。いや本当に。

同じ学生だというのに、圧倒的な経済力の差に虚しさを覚える。そもそも浜咲麻衣はバイトをしていない。それなのになぜこんなにもグレードの高い部屋――少なくとも大学生にとっては――に住むことができるのだろうか。

「今お酒用意するから、どこか適当に座っててー」

生活水準の違いに面食らっていると、キッチンの方から浜咲麻衣の声が聞こえてきた。

僕はとりあえずリビングのソファの端っこにちょこんと座る。

緊張する。他人の家という時点で落ち着かないというのに、女の子の、それも浜咲麻衣の家だ。意識を保つのに精一杯で、今なら彼女に薬を盛られても気づかないで飲んでそのまま寝落ちして目を覚ましたら知らない天井だったなんてことになっても不思議じゃない。

キッチンに立っている浜咲麻衣の後ろ姿が見える。簡単なおつまみを作っているようで、随分手馴れているように見える。

　まさか僕が家族以外の女性がキッチンに立っている姿を見る日が来るなんて。なんていうかもうこれだけで自分が人間としてワンランク上の存在になったような気がしてなんとなく喜ばしい。

　まぁ家に帰れば一人なのだが。

「お待たせしましたー、ビールで良かった？」

浜咲麻衣が小鉢にいれたおつまみ二品と、缶ビールを持ってくる。発泡酒じゃなくてちゃんとしたビールだ。

おつまみ二品と箸を二膳。箸と箸置きはシンプルなデザインだが、おつまみはなんだかやたらおしゃれだった。マグロとアボカドの和え物にはアボカドペーストがベースになった特製ソースがかけられていて、もう一品はツナをスライスされた大根と紫たまねぎで交互に挟み、上からオリーブオイルをかけたミルフィーユだった。彼女のセンスを見せつけられる度に思うのだが、こういうのどこで習うのだろう。おしゃれ専門学校とかに通っていたのだろうか。

「……うん、ビールで大丈夫なんですけど、あの、こういうのって」

「あ、ごめんね。グラス忘れてた」

おつまみを凝視するのをやめて顔を上げると、彼女は立ち上がってキッチン近くにある小さな戸棚からグラスを二つとってきた。

部屋もおしゃれで家具もおしゃれ、出てくるおつまみまでおしゃれときたもんだ。当然、グラスもおしゃれだった。細長くて底に液体が入らない謎のスペースがあって僕のグラスにはキュートな太っちょの王様が描かれていて、彼女のグラスにはこれまたキュートな太っちょの王妃様が描かれている。こんなのどこで売ってるの。

浜咲麻衣はビールの缶を開けて——このビールだけはスーパーとかでも普通に売ってるやつだったのでちょっと安心した——おしゃれグラスに慣れた手つきで注いでいく。泡とビールのバランスもぴったりで、発泡酒を缶のまま飲んでいる僕とは大違いだ。

「じゃあ乾杯」

「はい、乾杯」

浜咲麻衣からグラスを受け取り、そのままかち合わせる。キンッと小気味のいい音が鳴る。おしゃれ空間にいるせいでなんだかこの音すらもおしゃれに感じるのは僕の中にあるおしゃれゲージが許容の限界を超えてバグっているからだろう。

多分ここがおしゃれハウス生産工場だったら製造段階で僕とこのビールはラインから真っ先にはずされる。おしゃれには相応しくない不純物として巨大なピンセットを持った巨大なバイトにサッと取り除かれるはずだ。

自分がつまみ出される様を思い描きながら飲むビールはなんだか不思議な味がした。彼女はこんなおしゃれ空間で毎日生活をしていて頭がおかしくならないのだろうか。時折気い狂って二種類のカップやきそばを混ぜて食べたくならないのか。

「おつまみもよかったら食べてね。桐島くん、さっきあんまり食べてなかったみたいだし」

浜咲麻衣が微笑みながらおしゃれおつまみをすすめてくる。僕の言語機能は「はい、いただきます」と自然に敬語へ変換されていて、箸を持つ手もなんだかおぼつかなかった。緊張しているんだ。

いただきますと言ってしまった手前、食べないわけにもいかず、とりあえず大根と紫たまねぎとツナのミルフィーユを食べてみる。うん、普通に美味しい。こんなにおしゃれなのに普通に美味しい。普通どっちかが犠牲になっているはずなのに、おしゃれで美味しいなんて。もう無敵だ。

「どう、かな？」

「うん、美味しいです。すごい美味しい。最強」

「ほんと？　よかったぁ」

率直（そっちょく）な感想を述べると、浜咲麻衣はホッとしたように笑った。もしかして僕で料理の出来を確かめるため謀（はか）ったのだろうか。

「これね、前に妹が来たときに作って美味しいって言ってくれたから今回も作ったんだけど、良かったぁ」

違（ちが）った。どうやら僕の考えすぎだったらしい。

「妹さんに作ったってことはこれまで何度か作ったことあるの？」

「ん？　んーでも二、三回くらいかなぁ。あ、でもこっちのマグロとアボカドのやつは結構作ってるよ。簡単だし」

「これを？　よく作ってるの？」

「うん、アボカド。あっ、もしかして苦手だった？」

「いや、全然大丈夫なんだけど……」

一人暮らしでそもそもアボカドなんて食べないだろう。いやまぁ好きな人は買うかもしれないけど、アボカドは優先順位低いはずだ。まず乾燥（かんそう）パスタだろ。

「あのさ、あんまりこういうこと言うのどうかと思うけど、浜咲さんってお金持ちだよね」

マグロとアボカドの和え物を食べていた浜咲麻衣がピタッと動きを止める。きっとこれまでも何度か聞かれてきたことなのだろう。すでに否定するのが面倒なレベルまで行ってしまったのか、「うーん……」と言葉を濁す彼女が僕の目の前にいた。

「まぁ、その、すごいお金持ちってわけでは、ないんだけど」

「まぁ杉野先輩ほどではないとは思うけど、それでも結構だよね。学生なのにマンションだし、オートロックだし、1LDKだし」

「部屋は、パパが女の子の一人暮らしは危ないからって言ったから……」

「家具もわりとしっかりしてるいいものばっかだし、すげぇ高そうなノートPC使ってるし、それに観葉植物だぜ。一人暮らしで観葉植物！」

「そ、それは、ほら！　緑があると落ち着くから、だし」

「いや別に責めてるわけじゃないんだけどさ。本当に、すごいよね。羨ましいよ、単純に。ここと比べたら僕の部屋なんてゴミ箱だね」

　羨ましいというのは本当だ。僕の家だって貧乏ではなかったけど、決してお金持ちというわけでもなかった。月に一回の贅沢ぐらい出来たけど、でもそれは特筆すべきことでもなんでもない。

　まぁお金があったとしても僕の惨めな人生は大して変わらないだろうけど。

「もう、そんなことないよ。それに私の家だって立派な感じでもないし。ただの古い家だよ。田舎(いなか)だし。もうほんとに田舎。家、田んぼ田んぼ、雑木林、田んぼ、家、田んぼ田んぼ、家、お墓。みたいな感じ」

彼女の長い指を折って数えながらの独特な風景描写に僕はグラスを持ったまま思わず短く笑った。なるほど、確かにそれはまごうことなき田舎だ。容易に想像がつく。

「それだったら僕の実家のほうがまだマシかもね。僕のところは家ばっかだし。家、畑、アパート美容室アパート、畑、コンビニ、歯医者美容室、家家家って感じかな」

「ええ～めっちゃ都会だよそれ」

「都会ではないけれど」

「でも私のとこより都会だ。小学校も百人いなかったし。妹なんてそれが嫌で県外の私立高校に通ってるし」

「あー嫌(きら)いそうだねぇ。そっちは嫌いじゃなかったの?」

「んーどうなんだろ。私は、田舎自体はそんなに嫌いじゃなかったかも。不便だったけど」

どこか遠い目をする浜咲麻衣。「お酒作るね」と言って立ち上がり、キッチンのほうへと行ってしまった。

彼女の後ろ姿を眺(なが)めながら、僕はあることを思い出していた。

『男だけじゃなくて、女も嫌い。ううん、嫌いっていうか信じられなくなってる。人間不信なんだよ』

浜咲美咲の言葉が甦る。浜咲麻衣は子供のときに多くの人から裏切られた。たくさんの人に傷つけられた。あんな目にあったのだから、そりゃ人間不信にもなるだろう。そりゃ自分が育ってきた田舎のことを素直に好きとは言えないだろう。

それなのに、彼女は今笑って生きている。心を閉ざしきることなく、誰かと接しながら生きているのだ。

健気だと思うけど、同時に痛々しいとも思ってしまう。僕なんかに思われても気持ち悪いだけかもしれないけど、なんだかかわいそうだと思ってしまった。

「お待たせしました～」

浜咲麻衣がカクテルグラスを持って戻ってきた。キッチンのほうを見ると大学の学園祭で使っていたカクテルの道具が置いてある。

「ドライマティーニです」

僕の前にカクテルが差し出される。グラスをそっと手に取り、沈んでいるオリーブを見ながら、僕はクッと口に流し込んだ。

独特な香りと辛口。まさにドライマティーニだ。アルコールが体中を瞬時に駆け巡っていくのを感じ、最後にオリーブをかじる。

「緑黄祭でバーテンダーやってからなんだかんだでハマっちゃってね。ちょくちょく自分で作ってるんだけど」

「妹さんから聞いたよ。あの話を」

浜咲麻衣がはにかむような顔のまま固まる。急に何という意味の「ん?」って声を出して僕を見つめてきた。

「聞いたって、なんのこと? あの子が、なんか言ったの?」

「過去の話を聞いた。小六のときの話、中学生のときの話、高校生のときの話もちょっと聞いた……聞いたよ」

僕はオリーブの種をティッシュに吐き出し、うなじを掻いた。

浜咲麻衣の笑顔が凍りつく。ブランと力が抜けてテーブルの上から彼女の手が落ちる。

なんで言ってしまったのか。言うべきじゃなかった。けど堪えられなかった。僕一人で抱えるには重過ぎる話だった。でも、他の人に言うわけにはいかないから、いっそのこと本人に言ってしまえと思ったんだ。ほとんど思いつきだけど。

「……そっか、もう知ってるんだね。美咲が話したの?」

「誰にも言うなとは言われたよ。約束を破ったのは僕だ。ごめん」

あんまり意味ないとは思うけど、浜咲美咲へのフォローはしておく。それでも僕は後で彼女に怒られるだろう。

浜咲麻衣は顔を伏せて落ち込んでいるように見えたし、怒りを抑え込んで今にも爆発しそうにも見えた。

僕はそっとテーブルの下でティッシュを何枚かとる。さっきみたいに酒をかけられたとき、すぐに対処できるようにだ。

イヤな沈黙が部屋を満たす。そうさせたのは僕自身なので自業自得と言われればそれまでだが、今は別の意味でドキドキしている。

浜咲麻衣が再びカクテルグラスを手に取り——僕は重ねたティッシュをサッと顔にかぶせ——カクテルを一気に喉へ流し込んだ。

（ぶっかけられると思った）

結論から言うと、僕は酒をぶっかけられなかった。ティッシュでガード作戦は空振りに終わった。

「高校生のとき、彼氏と別れた理由も聞いた？」

ごくりとカクテルを飲み込み、浜咲麻衣が僕を見て訊ねる。彼女にしてはひどく冷たい表情だった。僕は質問の意図を探りながらも、素直に首を横に振る。

僕の反応を見て浜咲麻衣が席を立つ。カクテルグラスを二つ回収し、キッチンに向かう。

また新たなカクテルを作ると、彼女は僕の向かい側、ではなくなぜか隣に座ってきた。突然の急接近に僕はあからさまにびくっとしてしまい、浜咲麻衣はそれを見てクスッと笑ってカクテルグラスを手渡してくる。

ひとまずグラスを受け取り、少しだけ身をよじって浜咲麻衣から距離をとった。

「高校生になって男子ともなんとか普通に話せるようになったの。大人は時々怖くなるし、一対一は無理だったんだけど、同世代の男子ならそんなに苦じゃなかった」

僕の隣に座ったまま、ポツポツと浜咲麻衣が語りだす。おそらく本人しか知らないであろう秘密をただの知り合いである僕に語りだす。

「二年の先輩にいきなり告白された。腕も細くって真っ白で女の子みたいな人だったの。でもすごく優しくて穏やかで、リハビリの意味も込めて付き合うことにした」

一呼吸置いて、浜咲麻衣がカクテルを飲む。今日はもう随分飲んでいるはずなのにあんまり顔が赤くなってないな、なんて、的外れなことを思った。

「まぁまぁ楽しかったし、すごく楽だった。話していくうちにいい人だなとも思ってね、冬くらいに付き合って、それから何ヶ月か経って夏になったから、地元の夏祭りに行こうって話になった。その頃には私も随分慣れたからいいよって言ったの」

彼女のカクテルグラスを握る手に力がこもる。手に少しずつ力がこもっていく。彼女の真っ白な手が少しずつ赤くなっていく。

「でも、それが間違いだった。お祭り会場の近くに神社があって、そこの階段から花火を見てた。次の花火が打ち上げられる間、彼が手を握ってきた。驚いて彼を見上げると、思ってたよりもずっとそばにいて、肩も掴まれた。多分、キスしようとしたんだと思う」

彼女の言い回しで僕は後の展開を察した。彼女に同情し、そして顔も知らない彼にも同情した。

「彼が迫ってきて、私は怖くなった。あのときの記憶が光って、体中に電気が走ったの。それで……気づいたら、彼は階段を転げ落ちていた」

淡々と当時のことを語る彼女の手は震えていて、あのときの恐怖がまだまとわりついているようだった。

恐怖も苦痛も、優しさすらも、そのすべてを浜咲麻衣は克服していなかった。乗り越えてなんかいなかった。トラウマは数年の間で消えることはなく、ただそのなりを潜めていただけだったのだ。

浜咲麻衣の事情を知っている人間が聞けば、彼女が悪いとは思わないだろう。僕だってそう思う。

もちろん浜咲麻衣へと迫った彼氏だって悪いとは思えない。話を聞く限り無理やり迫ったわけではないようだし、彼女自身が優しい人だったと語っているのだから。

じゃあ誰が悪かったというのだろう。

普通に考えれば、元凶となった教師だ。だけど彼をもう裁くことなどできない。すでに裁かれたから、納得するしないにかかわらず報いを受けたから。しいて言うならば、運が悪かったのかもしれない。または間が悪かった。

しかしそんな答えを浜咲麻衣が素直に受け入れるとは思えない。もしできていたとしたら今僕の隣で震えていない。

「ねぇ桐島くん、美咲は、あの子は私のことなんて言ってた？　男嫌いとかそういうことは言ってなかったよね？」

「人間不信だって言ってたよ。誰も信じられなくなったって」

僕の返事に浜咲麻衣が自嘲する。ひどく弱々しい笑みだった。

「そうだよ。美咲の言う通り。でもね、私が一番信じられないのは私なの。自分がなにをしてしまうのか分からない」

浜咲麻衣が誰とも付き合わないのは小学生のときのトラウマが原因かもしれないが、決して要因ではなかった。

あのときみたいにまた誰かを突き落としてしまうような気がして、怖くて、恐ろしくて、一歩踏み出すことができないだけだったのだ。

「でもね、桐島くんは別だよ。一緒にいても怖いって思わないし、もしかしたら傷つけちゃうかもって思わない。なんでだろうね」

「……そんなの簡単だよ。僕はただ対象外なだけ。好きとか嫌いとか、なんにも思わない。僕はその程度の存在なんだよ」

「んー……そうなのかな？」

「そうだよ」

「ほんとに？」

「そう思うよ」

僕は二杯目のカクテルを飲み干し、グラスをテーブルに置く。

ちらりと彼女を窺うと、さっきよりも随分落ち着いた表情をしていた。だけど同時に少しだけ複雑な表情をしていて、僕の次の言葉を待っているように思えた。

「あー……別に君は、君がいたい人といればいいんじゃないかな」

僕がぼそりと呟くと、浜咲麻衣は言葉の真意を探るように少し近づいてきた。

小首を傾げ、上目遣いで僕を見てくる浜咲麻衣。彼女はいつも話を聞くとき、まっすぐ見つめてくる。僕はそれがあんまり得意じゃない。

「人間関係なんて無理して構築するものじゃない。今の時代どこにいたって話はできるし、逆に会わないことだってできるんだ。もし本当に好きな人がいて、相手も君のことが好きなら、過去なんて関係ないんだから。お互いに」

「桐島くんは、私の過去を知って、どう思った？」

「どうも思わないよ……っていうのは嘘だけど。かわいそうだとは思ったよ。不憫だと思った。君みたいな綺麗な女の子が綺麗であるがゆえにそんな目に遭うなんて、皮肉で悲惨だ。でもそれだけ。ていうか、意味なんてないと思うけど、僕がどう思ったかなんて」

「そんなこと、ないよ。私は普通に気になるよ」

「だったら、気にしないでいいよ。僕の言葉なんてなんの意味もないんだから」

「そんなこと――」

「別に僕だけの話じゃないよ。他人の気持ちなんて、本来大した意味を持たないんだから」

彼女の言葉を遮った上での僕の言い分に、浜咲麻衣は不安そうな表情で口ごもる。

悲しいことだけど、でも本当のことだ。君に対する僕の想いも、意味なんてないんだよ。

「誰かの言葉や想いだけで人は変わらない。人が人を変えることはできない。そんなことできる奴がいるならぜひお会いしたいね。このクソみたいな人間をどうにかしてほしいよ。君だってそうじゃないの？　できることなら変えてほしいって思わない？」

「それは、そうかも。もし変えてくれるんだったら」

「でも実際はそんなことできない。人は勝手に変わるだけだ」

助けたいなんて想いは何の役にも立たない。そんなの僕も彼女もよく知ってるはずだ。

「君は君で、勝手に助かればいい」

　ぶっきらぼうに言い放ちながらも僕は密かに浜咲麻衣の反応を窺う。

　彼女は驚いて見開いていた大きな目から、ツゥッと一筋の涙を流した。

　僕はギョッとして慌てふためき、どうしたらいいか分からなくてパタパタと腕を色んな方向に動かす。

「いや、まぁ、その、言い方が悪かったというか、そういうつもりじゃなかったというか、あの、僕ってあんまり人の話をしみじみ聞いたことないから、どう言えばいいのか分からなくて……えっと」

「え？　なにが？　どうしたの桐島くん」

「え？　いや、だって。ほら、泣いてるし」

　さっきぶっかけられると思って用意しておいたティッシュを差し出す。すると浜咲麻衣は細い指で頬に触れ、たった今自分が泣いているということに気付いた。

「あ、ほんとだ。なんか、涙出てる」

まるで他人事だ。とうとう精神が壊れてしまったんじゃないかと僕は不安になって彼女の表情を注視する。

すると浜咲麻衣は僕が渡したティッシュを受け取り、涙を拭いてフフッと微かに笑った。

「ごめんね、違うの。そうじゃないの。なんか、ドキッてしちゃって。そんなこと言ってくれたの、桐島くんだけだったから」

涙のあとを残しながら、浜咲麻衣が笑顔を見せる。

「みんな私に対して都合のいいことばっかりだった。一緒に頑張ろうとか、君の助けになりたいとか、絶対どうにかしてみせるよとか、そんなあやふやなことばっかり言われたの」

「僕が冷たいだけだと思うけど」

「ううん、桐島くんは優しいよ。桐島くんに打ち明けてみて良かった」

浜咲麻衣は無理して笑っているようには見えなかった。

憑き物がとれたかのような、どこか晴れやかでドキドキするほど魅力的な笑顔だ。

「……結果的に君に秘密を話させてしまったから、せめてものって感じじゃないけど、今度は僕の話をするよ」

意を決してそう言うと、浜咲麻衣はただでさえ大きい目をさらに大きくした。

「話？　話って桐島くんの？」

「まぁね。たぶん、君の話と比べると、本当に些細なことだけど」

そして僕は包み隠さず話すことにした。

中学生のときの話だ。こんな僕にも好きな子がいて、どことなく同じ匂いを感じていて、もしかしたら、僕にもチャンスがあるんじゃないのだろうかと、そう自惚れていた。

だが、現実は非情で、あまりにも正しかった。僕はただ思い上がっていただけ。

『……さいあく』

僕の仄かな好意は拒絶という壁を乗り越えることなどできず、無惨に弾けて消えていった。

ただそれだけの話。一人の男の子が身の丈に合わない想いを抱き、砕け散っただけの話。平凡で、陳腐で、滑稽で、すぐに話し終えられるような面白味のない話だ。

「だから僕はもう、誰かと関係を持ちたくない。友達だろうと、恋人だろうと、どうせ上手くいかないんだ。それなら、最初から持たない方が傷つかなくてすむ。三上先輩も杉野先輩も、もちろん君とも、これ以上深い関係になりたくないんだよ」

孤独に生きて、孤独に死んでいく。両親には申し訳ないと思うけど、仕方がない。僕はあまりにも出来損ないで欠陥製品なんだ。

すべて語り終えて、僕はようやく顔をあげることができた。隣にいる浜咲麻衣はさっき

まで笑顔だったのに、また泣きそうな顔で僕を見ている。僕には分からなかった。自分で話
退屈な顔ならまだしも、どうして悲しんでいるのか、僕には分からなかった。自分で話

してきながらもまた失敗してしまったと心のなかで自分を責めた。

「好きとか嫌いとか、もういいんだ。どうせ火傷するだけだから」

＊

クリスマスイブがやってきた。社会不適合者である僕に誰かと一緒に過ごすなんて用事はないので、一日中狭い部屋に引きこもっていようと思ったのだが、とある講義の課題提出が今日までということに気がついてしまった。

慌てふためく僕。多分この時期に一人で大学まで課題を提出しに来て他の人と遊ばず帰るなんてきっと僕だけだろう。まぁしかしそこはさすが大学だ。十二月の下旬、ほとんどの人が冬休みに入っているはずだというのに、それなりの数の大学生が入り浸っている。暇な奴らだと思うが、本来なら休みなのにわざわざ大学に来ている僕はそれ以下なんじゃないかと少し不安になる。

まぁそれもこれもこのレポートを出してしまえば終わりだ。人の視界に入らないよう歩

き、誰もいないところを見計らって課題提出用のボックスへレポートを投函する。

この後も特に用事はないので、さっさと帰ろう。これ以上外にいたらクリスマスの雰囲気に押し潰されそうだ。

ボックスの前で踵を返し、再び廊下を歩く。

進行方向から女子の集団がこちらへ来るのが見えた。

どっからどう見てもプラスの人間達だ。ただお喋りしながら歩いているだけなのにひどく眩しい。

間違っても彼女達の視界に入って存在を認識されたくないので、めいっぱい体を寄せて廊下のはしっこを歩く。

女子のグループが近づいてくる。僕は息を止め、目を合わさないように下を向き、そろりそろりと足音も立てずにその横を通りすぎる。

キャッキャと笑う女子グループの横を抜け、どうにか無事一人になった。まったく冬休みだっていうのに大学に来てるんじゃない。

「あれ？　桐島くん？」

聴き覚えのある声に僕は思わず反応して足を止めてしまった。

少しだけ振り向くと、先ほどの女子グループの中に浜咲麻衣が潜んでいたのだ。

彼女は女子グループの一人に声をかけて抜け出し、僕の許へと歩み寄ってくる。

くそっ、マジであのレポート早く終わらせておけばよかった。

「おつかれ、今日どうしたの？」

「いや、普通にレポートの提出を。寿崎教授のやつ」

「あーあれか。私もついこの前終わらせちゃった」

「もう少し早くやればよかったってたった今思ったよ。それで、そっちは……レポート提出には見えないけど」

浜咲麻衣もそうだが、後ろで待っている女子達は明らかに浮かれているように見えた。なにかしらの荷物を持ってきゃあきゃあ騒いでいる。

「ちょっと友達が事務局のほうに用事があって。この後は女子会なんだけど」

「……ああ、クリスマスイブね」

クソみたいなイベントだ。ただ街に人が増えて騒がしくなるだけ。まぁ家に引きこもっている僕には関係ないけど。

「うん、明日も結局別で集まるんだけど、その前にイブに集まろっかって。桐島くんは？」

「なにがですか？」

「え、この後なんか、用事とか」

「あるわけないね。暗い部屋で酒を飲みながら壁に向かってずっとニコニコして過ごすことにするよ」

「こ、こわ……クリスマスはいつものとこだよね？」

「ああ、そうだね。杉野先輩の奢りだから多分三上先輩も来るんじゃないかな」

「そっか、私も用事が終わったらいけると思うよ」

「りょーかいです」

途中ちょっと怖がられたけど適当に返事をしてどうにか会話を終える。

そう、クリスマスはサークル酒友会で酒を飲むことになっているのだ。杉野先輩が馴染みにしているダイニングバー『グウェンドリン』で馬鹿みたいに酒を飲む予定らしい。いつもどおりの飲み会だ。

「そうだ、はいこれ」

浜咲麻衣が持っていた紙袋から、さらに小さな紙袋を取り出して渡してきた。この中には紙袋が入っていて、それを開けるとさらに小さい紙袋が入っていて、みたいなオチかも。

「これは？」

「チーズケーキ。昨日焼いたの。結構うまくできたから、よかったら桐島くんにも食べてほしいなって思って」

紙袋の中身はチーズケーキらしい。マトリョーシカみたいなしょうもないボケを考えていた自分が恥ずかしくなるほどのちゃんとしたものだった。

「えっと、でもこれってその、この後の女子会で食べるやつじゃないの？」

「大丈夫、こっちの分はちゃんと確保してるから」

「まぁそうだろうなとは思ったけど。うーん、ちょっと今五千円しかないんだよなぁ」

「ん？　なんでお金？」

「いやだってタダじゃないでしょ。さすがにこれは」

「もうっ、タダだよタダ！　お金とるわけないじゃん！」

浜咲麻衣がケラケラ笑う。女性からの贈り物だなんて家族からしかもらったことがない僕としてはタダだなんて信じられない話だった。家族以外だと基本金銭が発生するはずだとこれまで信じてきたのに。

呆然としている僕とお腹をおさえて笑う浜咲麻衣。陰キャオタクが騙されているとしか思えない構図だ。

「いやでも、さすがに悪いよ。こんな、タダでなんて。ちゃんといくらか包んで渡すよ」

「もう、私が作りたかっただけだから本当に気にしなくていいのに……ねぇ、桐島くん」

少し笑顔を残しながら浜咲麻衣が僕の名前を呼ぶ。僕はリュックから出しかけた財布をしまって彼女とどうにか目を合わせる。

「私ね、もう少し前向きになろうかなって思う」

浜咲麻衣の言葉に僕は小首をかしげる。前向きになろうだなんて、まるでそれじゃあこれまで前向きじゃなかったみたいな言い方だ。

いや、でもそうか。確かにこれまでの彼女は前向きとは言えなかったかもしれない。過去のトラウマをずっと凝視し、決して目を逸らさず、それに囚われたまま生きていた。

だがそうか、言われてみれば確かに最近の彼女は少し変わったように見える。サークル以外の人、つまり女子男子にかかわらず交流を持つようになり、以前よりもずっと社交性が増した。ように見える。

彼女は前を向いて先へ進もうとしているんだ。

偉そうなことを言うつもりはないけれど、それでいいと思う。

前に行くべき人がいて、表舞台に立つべき人がいる。彼女はそんな人間だ。多くの人に愛されるべき存在なのだ。

「桐島くんのおかげだよ」

「僕の？」

浜咲麻衣の発言に僕は思わず声をあげた。目を見開いて彼女を見つめる。

驚いた僕の顔を見て、浜咲麻衣がフッと聖母の微笑みを浮かべた。

「桐島くんが、この前言ってくれたでしょ？　勝手に助かればいいって」

「それは、言ったけど。なんだろう、決して傷つけるつもりは」

「傷ついてはないよ。でも、桐島くんの言い方はなんていうのかな……すごく、突き放すような言い方だったから」

「申し訳ないです。訴えるのだけは勘弁してください」

「違う違う！　責めてるわけじゃないんだよ⁉　むしろ感謝してるの」

咄嗟に頭を下げた僕に対して浜咲麻衣があわてて手を振る。

どう考えても彼女の言い方は僕を責めているように思えたけど、一体どういうことなのだろう。

「私ね、自分のことなんて絶対誰にも理解されないって思いながら、どこかで誰かに助けてほしかったの。矛盾してるよね。そういうところも、なんていうか、信じられなかった」

「それは……でも、そういうものなんじゃないのかな。僕だって思うことはあるよ。助けてくれって」

「でも桐島くんは言ったでしょ？　人は人を変えることは出来ないって、勝手に助かればいいって。それを言われて、あぁやっぱりそうなんだって思った。自分で助かるしかないって。誰かに助けられるのを期待してちゃダメなんだって」

「……」

浜咲麻衣の決意に僕は声が出なかった。

彼女の意志は強くて、真っ直ぐだ。

日々ウジウジしていて、惨めな毎日を送っている僕とは大違い。

「とりあえず、少し変わってみよっかなって思った。もしかしたら相手を傷つけるかもしれないし、逆に傷つけられるかもしれない。それでも自分が助かれば、それでいいから」

ちょっと自分勝手かな。なんて付け加え、浜咲麻衣が笑う。

あまりにも真っ直ぐな彼女の笑顔に、僕はやや自嘲気味にフッと笑った。

「いいんじゃないかな。少しくらい、自分のことを優先して。それで文句を言ってくるようだったら、そんな奴とは関わらなければいい」

「そう、だね。うん。意外とそんな感じでいいのかも……ねぇ桐島くん」

「なんですか？」

「私ね、桐島くんは『そういう役回りの人間』じゃないって思うよ」

僕の言葉で微かに笑いながらも浜咲麻衣が穏やかな表情を浮かべる。

僕は彼女がどうして急に話を変えたのか、どんな意味でそんなことを言ったのか理解できず、一瞬真顔になって、その後いつもの淀んだ顔で浜咲麻衣を見つめた。

この人は今なんて言った。僕のどこに触れたんだ。

「今まで色んな人からひどいこと言われて、傷つけられて、それなのに誰も傷つけず自暴自棄にもならないで生きてきたんでしょ？　桐島くんは、すごい人だよ。優しい人。他人の気持ちが考えられるあたたかい人だよ」

スラスラと、流れるように、浜咲麻衣が語りかけてくる。

やめろ、そんなこと言うな。ありえないんだよ。僕は今までずっとそうやって生きてきたんだ。いまさらそんな、都合のいい話があるか。

僕は『そういう役回りの人間』なんだ。他人の不利益を被ることで生きている惨めな人間――そう言って、言って、言って、言い聞かせて、僕は僕を助けてきたんだぞ。

もし、万が一、僕が『そういう役回りの人間』じゃないとしたら、これまでのことはなんだったんだ。虐げられてきた痛みは一体どこにいったっていうんだ。

これまで苦しんできた。ずっと苦しんできた。苦しんで生きるのが僕の人生なんだよ。お願いだからそんなこと言うな。僕のことなんてなにも知らない君が、僕を否定していいわけがない。

「だからね、桐島くんには、もう少し自分のことを大切にしてほしいって思う。自分のこ渡された紙袋がズシリと重くなった気がして、僕は今すぐこれを投げ捨てたくなった。

と、助けてあげて」

＊

クリスマス当日、馬鹿みたいに忙しいバイトを終えて僕はへとへとになりながら自宅に着いた。

靴を脱ぎ捨ててトボトボと歩き、敷きっぱなしの布団へと倒れこむ。

今年のクリスマスは暖かかった。

なんでも去年と比べると気温が四度は違うらしくて、その影響でこの季節にかかわらず外出する人が多いらしい。

独り身の僕には関係ない話だ——そう言いたかったけど、残念ながら関係ある。

まず家族と暮らしていたり、彼氏彼女がいる人は今日出勤しない。家族サービスに努めたり、デートしたりと忙しい。

なので、友達もいない、恋人もいない、クリスマスだというのになんの用事もない僕はこうしてアルバイトに励むのである。

僕がバイトをしている映画館はそれこそクリスマスみたいな特別な日は大忙しで、カップルや家族が映画を観に来るので、普段より倍以上の客が来ていた。

客は倍以上だが、従業員はほとんど半分だ。これで忙しくないわけがない。

まぁ家にいてもやることないし、どうせ時間を潰すんだったら金が稼げるバイトがいい。時間を無為に過ごさなくて済む——なんて判断をした過去の自分を呪ってやりたいほどの忙しさだったのだ。

「先輩達と合流する前になんか腹に入れておくか」

時刻は現在午後四時四十分。サークルでのクリスマスの大騒ぎは六時過ぎとか七時過ぎとか結構曖昧な時間だった。おそらく杉野先輩と三上先輩が来た時間からって感じだろう。すきっ腹に大量の強力な酒をぶち込むと体に良くないので、飲み会前になんでもいいからなにか食べておかなければいけない。ここで大事なのはしっかり食べてはいけないということだ。先輩達との飲み会というものは、酒はもちろんのこと、料理もそれなりにいいものが出る。仕方ない、三上先輩はそれほどお酒が強くないし、浜咲麻衣をヘロヘロにさせるわけにはいかないので、場をつなぐための食事もそれなりの頻度で運ばれてくるのだ。

その上バシャバシャと酒を飲まされるので普通に吐く。大学生になってから僕はやたら自分で吐くことが上手くなってしまった。大学生らしいといえば大学生らしいかも。

そんなこんなで、とりあえずなにか入れようと冷蔵庫を開けてみる。

なにも入ってない。スポーツドリンクと卵だけ。いや、よくよく見てみると半透明の袋に入った謎の箱が奥に鎮座していた。

手を伸ばして謎の箱を回収する。ひんやりと冷えた箱を見て、僕は部屋でひとり「あー……」と声を伸ばす。

半透明の袋から箱を取り出す。ローテーブルの上に置いて、中を検めようとしたところで、小さなカードが箱の開閉部に挟まっていることに気づいた。ひとまずそれを回収し、箱を開封する。やはり思った通りだ。中にはチーズケーキが入っていた。浜咲麻衣が作ったチーズケーキだ。しかもワンホール丸ごと。

いくらサイズが小さいとはいえ、ワンホール丸ごと渡すものなのか。大体こういうのって一ピースとか二ピースとかそのくらいなんじゃないのか。

とはいえ小腹を満たすのには最適だ。今食べておけば後で浜咲麻衣にその話もできるし。

箱から出したチーズケーキをとりあえず四分の一だけカットして手づかみで食べる。すっきりとした酸味と甘みと程よい重厚感。お店で食べるチーズケーキみたいだ。

しかしクリスマスにチーズケーキっていうのは正解なのか。オーソドックスにショートケーキだと思うけど。

『桐島くんは『そういう役回りの人間』じゃないって思うよ』

チーズケーキを渡してきたときの浜咲麻衣の言葉を思い出す。

彼女はどうして急にあんなことを言ったのだろう。

僕を憐れんだのだろうか。それとも、僕の卑屈な態度が彼女を苛立たせたのだろうか。

どちらにしてもだ。浜咲麻衣には申し訳ないが、僕のスタンスはきっとこれからも変えられないと思う。

それとも、僕も浜咲麻衣のように前向きで積極的になればいいのだろうか。そうすれば僕は誰からも愛される存在になれるのか。

分かってる。そんなことはありえない。期待するだけ無駄だ。当たり前のように拒絶されて、ただ傷ついて終わるだけ。

もしゃもしゃとチーズケーキを咀嚼する。これは僕のために作られたものじゃない。友達のために作って、きっと余った材料でぱぱっと作ったようなそんなものだろう。捨てるにはあまりにも勿体ないから、ひとまず作ってあげようと思っただけの代物。そうとしか思えない。良い方向にばかり考えるな。

無心でケーキを呑み込み、カットした分を食べ終える。これだけ腹に入れておけばいきなり酒を飲んでも多分大丈夫だろう。

残っているチーズケーキを片付けようとしたところで、視界の端に小さなカードが映り込んだ。箱にくっついていた謎のカードを手元に寄せて見るが、特に何も書かれていない。ひっくり返して裏を見ると開けられるように折られていた。

　手作りの紙製ケースを開けてみると中には半分に折られた紙が入っている。呪いの手紙か、材料費の請求書か、はたまたスパムアカウントの二次元コードか。取り出して開くと、そこには浜咲麻衣のものと思われるメッセージが書かれていた。

『助けることはできないけど、二人でお酒飲んで笑うことはできるよ。これからも』

　僕に宛てたメッセージ。簡潔な一文を何度も読み直して、文面から真意を探る。

　浜咲麻衣はどうしてこんなことを僕に宛てたのか。これからも同じ時間が訪れるとは限らないのに、なんでそんな、僕に希望を持たせようとするのか。

　分からない。分かりたくない。もしそれを理解してしまったら、僕は変わらなきゃいけなくなる。

　怖い。このメッセージを理解してしまうのが怖い。なにか取り返しのつかないことが起きてしまうような気がする。本当に怖いんだ。

　これは僕の勘違いだ。きっとそうに違いない。無視しろ。見なかったことにしろ。そうすれば今まで通りの生活が送れる。傷つかないで済む。

決めたじゃないか。誰とも深い関係にならないって。そう言ったはずだ。これ以上近寄ればきっと――ブーッとスマホが振動する音で僕の意識は現実へと引き戻された。

ハッとして顔をあげ、近くにおいたスマホに視線をやる。

メッセージカードを置いて、画面を確認する。杉野先輩からの着信だった。

「もしもし、おつかれさ」

『あーでたでた！　桐島君もう始めちゃってるからさぁ！　こっち来るとき麻衣ちゃんも回収してきてよ！』

スピーカーから聴こえてくるデカい声に僕は思わず身を反らして画面を睨む。当然のように酒が入っているので既にテンションが高い。

とりあえずスマホをテーブルの上に置く。適当にあしらって切り上げよう。

「あの人確か用事があるから後で合流とか言ってませんでしたっけ？　いいんですか？」

『なんか友達と飲んでるんだって。お店の場所教えるから引っ張ってきてよ』

「いや、だとしたらムリなのでは。だって飲み会の最中でしょう？　終わったら来るでいいじゃないですか」

『いいや！　ダメだね！　三上先輩、私、麻衣ちゃん。ついでに桐島君で酒友会なんだから！　私は四人で飲みたいの！　桐島君が回収してきて！　男の子でしょ！』

「男の子は関係ないですよ。はぁ、マジで回収しなきゃいけないんですか？　後から来るんでしょう？」

『頼んだー』

プッと電子音が鳴って通話が終了した。呆然として画面を眺めているとなぜか三上先輩からとある居酒屋の住所がメッセージで送られてくる。

どうして三上先輩が——眉をひそめて画面を睨んでいると、『浜咲の回収は任せた』とさらにメッセージが送られてくる。杉野先輩ならともかく三上先輩からだなんて。いや、きっと近くにいて会話を聞いていたんだろうけど、それにしても三上先輩からもメッセージがくるとは思わなかった。

いや、もしかしてこれ杉野先輩がなりすまして送ったのか。三上先輩が杉野先輩に隙をみせるとは思えないけど、どっちなんだ。

「ていうか、行くしかないのかよ……」

三上先輩からのメッセージを眺め、僕は独りの部屋でぼやく。

杉野先輩だけだったら無視することもできたけど、三上先輩からも言われたら流石に無視はできない。テーブルの上に置かれたメッセージカードを見て、僕はため息を吐いた。

＊

浜咲麻衣は飲み会を楽しんでいる真っ最中だった。

三上先輩から教えてもらった住所を頼りに店の前に来たところでやたら騒がしい大学生集団がいて、なんて迷惑な奴らだと思ったその中に彼女がいたのだ。

ざっと見る限り男子のほうが多い飲み会。ていうかコンパだ。女子の方は見たことある顔が多いけど、男子はまったく見たことがない。普通に僕が知らないだけかもだけど、別の大学の学生っていうのもあるかも。

まぁどこから来ていようが別にどうでもいい。問題はそこじゃない。

そう、問題はどうやって浜咲麻衣を回収するのかだ。

とりあえず店に入る。あまりにも忙しいのか店員は現れず、僕は再びコンパ集団の位置を確認し、トイレに避難した。

二つある個室が空いている。都内の居酒屋にしては広いトイレに感謝し、ひとまずそこへ籠もることにする。

便座に腰をおろし、スマホを取り出す。連れ出す方法を色々考えながらも先程見たコンパ集団の位置を思い出す。

浜咲麻衣は通路側の席に座っていた。声をかけることだけならできるけど、それでもあの大人数だ。十人、いや二十人以上はいる。

どうすればいい。そもそも杉野先輩の要求は完全にただのワガママだ。本人が終わったら合流すると言っているのに、無理矢理連れ出すなんて乱暴過ぎるだろう。

しかもそれをやるのは杉野先輩じゃなくて僕。コンパの連中から見ればいきなり頭のおかしい陰気な男がやってきて浜咲麻衣を連れ去るという、ほとんど誘拐に近い。

僕の方から声をかけるのは絶対ない。成功率も低いし、なにより僕のメンタルがもたない。想像するだけで吐きそうだ。

ならば浜咲麻衣の方から来てもらうしかない。メッセージなり通話なりで彼女と連絡をとって、途中離脱してもらうのが手っ取り早いだろう。

しかしこれもどうなのだろう。成功率が高いとは思えない。まず浜咲麻衣への負担が大きい。盛り上がっている飲み会でいきなり途中離脱というのは心象が良くないし、なにより僕の思い違いならいいのだが、あの男達の目当ては浜咲麻衣だ。どうにかしてものにしたいと考えているはず。そんな男達が素直に浜咲麻衣の離脱を許すのだろうか。

先輩の呼び出しなんて無視しようと言って無理矢理帰さないなんてこともあるだろうし、変わったケースとしては途中離脱する浜咲麻衣に男達もついてくるというもの。可能性がない話ではない。

さて、本当にどうしたものか——グーッと考え込んでいると、ガラガラッとトイレのドアを開く音が聴こえてきた。

「だめだ、意外とガード堅いなまいちゃん」

「酒も全然飲まないし、どうするか」

個室の外から聴こえてきた二人の男の話し声に僕は一瞬だけ身を固くする。

会話から察するにコンパに参加している男達だろうか。いや、まいという名前が出てきただけで浜咲麻衣のことだと判断するのは早計だ。同じ名前の別の人かもしれない。

「まぁでもとりあえずあれだろ、二次会でできるだけ警戒心を解いてさ、二次会でやるわ」

「やるって？　なんか仕掛けんの？　お前大丈夫かよ。いけんの？」

「いけるって。これ、先輩から貰ったやつ。二次会のときにこう、ちょろっと仕込んでさ」

「やばこいつ。それ大丈夫なやつなの？」

「大丈夫だって、普通に眠くなるだけだよ」

「こいつこわ〜」

笑い混じりの二人の男の会話に僕はその場から動けずにいた。

こいつらは一体なにを言ってるんだ。仕掛けるってなにを、仕込むって、眠くなるだけって、正気なのか。

いくら酒に酔っているからって、そんなこと。

「怖くねぇよ。俺は飲み過ぎで寝ちゃった浜咲麻衣ちゃんを優しく介抱するだけ」

「俺も手伝ってやるよ。一人じゃ大変だろ？」

「はぁ？　いらねーよ……って言いたいところだけどもうお前に話しちゃったからな。いいよ、手伝わせてやるよ。その代わりこれ以上介抱する人数増やすなよ？」

「そりゃそうだろ。任せとけって」

二人の男が笑いながらトイレから出ていく。

僕は持っていたスマホの画面を見下ろす。浜咲麻衣とのトーク画面が映っている。連絡をとろうとして開きっぱなしだったんだ。

『私ね、もう少し前向きになろうかなって思う』

浜咲麻衣は言っていた。自分を信じられない自分を変えるために、前向きになって人と関わる。その過程でもしかしたら誰かを傷つけるかもしれないし、逆に傷つけられるかもしれない。それでも、自分を助けるために――

「その結果がこれかよ」

個室の中でひとり呟く。

前へと進もうとしている彼女の歩みをどうして止めようとする。どうしてあんな奴らが自分の醜い欲望を満たすためだけに、彼女を食いものにするんだ。

あんな奴らのために、浜咲麻衣は変わろうとしているのか。

「最悪だよ、吐きそうだ」

唾が出る勢いで言葉を吐き出す。スマホを上着のポケットにしまって個室を出る。

洗面台の鏡に映る自分の顔を見つめる。地味で冴えない陰気な男がそこにいた。

上等だ。今更顔なんてどうでもいい。他人にどう見られるかなんて、気にして生きてられるか。

そんなことよりも大事なことがあるんだ。僕のチンケなプライドなんかどうでもいい。

そんなことよりも、彼女の意志が、想いが汚れないようにしなきゃいけないんだ。

トイレから出て店内を見回す。コンパは盛り上がっているようで、浜咲麻衣は変わらず通路側の席にいる。

心臓が早鐘を打つように稼働する。舌の根が渇いていく。足の震えをどうにかして抑え、ギュッと手を握りしめて彼女の許へと向かう。

ガツガツと進んだせいで、足音が大きくなってしまった。通路を歩く僕の姿をコンパに参加している男子が見つけ、怪訝な顔をする。

そして彼はさらに訝しんだ。変な男が近くを通り過ぎるのかと思えば、自分達の席の前で止まったのだ。

「誰このひと、知り合い？」

「浜咲さん」

男を無視して浜咲麻衣を呼んだ。友達と喋っていた彼女が振り向く。

「……桐島くん？」

振り向いて、僕の顔を見て、彼女もまた僕の名前を呼んだ。なんでって顔をしている。当然だ。僕みたいな人間がこんな場所に来るなんて思ってもいなかったのだろう。

僕だって来たくなかった。だけど来てしまった。気づいたらここまで来てたんだ。

「なに？　麻衣ちゃんこのひとと知り合い？」

「う、うん。同じサークルの」

「一緒に来て」

会話を無視して僕は浜咲麻衣の手を取って引き寄せた。

突然の接触に彼女は驚き、どこかから「はぁ？」と声が聴こえてくる。

ここで中途半端に止まるわけにはいかない。「コートを」と言うと、ありがたいことに彼女は自分のコートをすぐに回収し、僕へ渡してくれた。

「桐島くん、どうしたの？　なんでここに」

「ちょっと早いけど、迎えに来たんだよ。杉野先輩……じゃなくて……僕が、そうしたいって思ったから」

「桐島くんが？」

「とにかくもう行こう」

浜咲麻衣の手を握り、僕はその場から立ち去ろうとする。

来たときと同じようにガツガツと足音を鳴らし、店の入口まで行って——

「おい！　ちょっと待てよ！」

呼び止められた。振り向くとそこには先程の男子が立っていて、怒りで顔を赤くして僕を睨んでいる。

「てめぇなんなんだよいきなり出てきてよぉ！　勝手なことしてんじゃねぇぞ！」

真正面から男の乱暴な言葉を浴びる。先程トイレで聴いた男の声と同じだ。僕は浜咲麻衣から手を離し、財布から一万円札をソッと取り出す。

怒りに震えている男の前まで来て、彼の手首を掴む。開いた手のひらに一万円札を押し付けて僕は口を開いた。

「介抱できなくて残念だったな」

咄嗟にガッと顔を殴られた。僕はそんなこと気にも留めず吹っ飛んだ顔をゆっくりと戻し、真っ赤になった相手の顔を一瞥する。

彼は不愉快そうに顔を歪めていた。きっと、今の状況が信じられないんだろう。

そのまま彼に背を向けて立ち去る。浜咲麻衣は僕が殴られたことに驚いているようで、両手で口を隠し、目を見開いている。僕は固まったままの彼女の肩にコートをかけて肩に触れ、「行こう」と声をかけた。

＊

「あっはっはっは！　めっちゃ殴られてんじゃん！　ウケる！　ウケすぎ！」

店に入ってきた僕の顔を見た瞬間、杉野先輩は指をさして大笑いしてきた。

「おまえそんなっ、ぶっ、ぐふふっ！　お手本みたいなっ、ふふっ、ふふふっ、はっはっはっは！　お手本みたいな殴られ方してんじゃねぇかよ！　あっはっはっは！」

三上先輩も笑っていた。あまりにも面白かったようで声を張り上げて大笑いした後も、ロックグラスを握りしめながらテーブルに突っ伏して笑っている。

そんなにかよ。ふと、この店のマスターの男性と目が合う。僕の顔を見てグッと笑いをこらえる顔をした。そんなにらしい。

「桐島くん、これ当ててておいた方がいいよ。とりあえず二十分くらいね」

浜咲麻衣が僕の頬に冷えたタオルを当ててきた。肌に冷たい感触が伝わってくる。

「どうも、二十分ね。因みにこのタオルはどうしたの？」

「お店の人に貸してもらったの。ちゃんと当ててなきゃダメだよ？」

「酒が飲みづらい」

「ワガママ言わないの」

「ちょっとぉ、私達放っておいてイチャイチャすんなよぉ。ほら、乾杯しよ乾杯」

タオルを頬に当ててると杉野先輩が割り込んできた。「してないですよ」と反論しながらいつもの席に着く。

僕の前には三上先輩。斜め向かいに杉野先輩。そして左隣には浜咲麻衣が座っている。

とりあえず僕と浜咲麻衣は既にテーブルの上に置かれていたクラフトビールを飲むことにした。瓶を開けてグラスをとる。ビールを注ごうとしたら浜咲麻衣に取られてしまった。

「私つぐから、桐島くんは大人しくしててください」

「いや、酒くらい自分で」

「本当は飲まないほうがいいくらいなんだからね。はい」

抵抗していている間に僕の分のビールが用意される。唇をとがらせてちょっとだけ怒っているかのような彼女の横顔を見て、僕は「……どうも」とだけ言ってグラスを受け取った。

さっきからこんな調子だ。先回りをして色々と世話を焼かれてしまう。

そして三上先輩と杉野先輩はそんな僕のことを見てニヤニヤしていた。なんだろう、今日の先輩達は妙な連帯感があるような気がする。

「よぉし、じゃあ乾杯しよっか」

杉野先輩の合図で全員がグラスをかち合わせる。グーッとビールを流し込むと痛みが鈍っていくような気がした。たぶん気のせいだと思うが。

「はぁ～やっぱ人に殴られた後に飲む酒は格別ですね」

吐き捨てるように酒の感想を呟くと杉野先輩がブッと噴き出した。三上先輩も笑っていて、呆れた顔をしているのは浜咲麻衣だけだ。

「ていうかなんで殴られてんの？　大体想像つくけど」

口元を拭きながら杉野先輩が訊いてくる。

僕は少し残ったビールを飲み干す。すかさず浜咲麻衣がおかわりを注いでくれた。僕はすぐさま「ありがとう」と言って密かに瓶を手元へ引き寄せた。

「別に、大したことじゃないですよ。杉野先輩に言われた通り――」

「コンパに参加中の麻衣ちゃんを回収しに行ったらいきなり乱入してきたからって男子に殴られたって感じ？」

「……その通りです」

見事に大当たり。まるでその場を見ていたんじゃないかと思うほどの解像度だ。間を持たせるように僕はグッとビールを飲む。

ある程度時間が経ったところで、隣にいる浜咲麻衣が「タオル、一度取ったほうがいいよ」と声をかけてくる。

言われた通り顔から外し、畳んで手元に置く。店員が料理を持ってきたついでに回収してもらった。

「そういえば桐島くん、この前のチーズケーキどうだった？」

焼きたてのマルゲリータピザを食べようと手を伸ばしたところで、浜咲麻衣が突然訊いてきた。

チーズケーキ――もやもやと浮かび上がってきた記憶に色がついていく。あぁそうだ、あのときのやつだ。思い浮かんだ記憶の中にはあのメッセージカードもあったが、今ここで話すようなことでもないのでひとまず隅にしまっておくことにする。

「なに？　チーズケーキって？　なんかあったの？」

「クリスマスイブにチーズケーキ焼いたんですけど、結構上手にできたんで桐島くんにもって思ってあげたんです」

「えぇ〜桐島君だけぇ？　いいなぁ〜どうだったの？　美味しかった？」

「めちゃくちゃ美味かったですよ。いやほんとに、すごい美味しかったよ。あとで支払いしとくから。いくらだっけ八千円？」

「いらないいらない！　大丈夫だから！　もう、まぁでも美味しかったなら良かったけど」

「桐島君だけずるいずるいっ！　ヘタレ野郎のくせにっ！　なんであたしとか三上先輩には作ってくれなかったの？」

「いやいやいや、べつに作らなかったわけじゃなくて。ほら……三上先輩って確か甘いものダメだったんですよね？」

「ん？　あぁ、そうだな。甘いのはコーヒーゼリーしか食べれないんだよ」

「かわいい」

「かわいい」

「かわいい」

思わぬところでほっこりしてしまった。確かに先輩が甘いものを食べてる姿はこれまで見たことがない。

にしても浜咲麻衣より僕の方が三上先輩と接してる期間は長いというのに全く知らなかった。彼女はいったいどこでその情報を仕入れたのだろう。杉野先輩とかだろうか。

「え？　三上先輩って甘いものダメだったんですか？」

驚愕(きょうがく)顔の杉野先輩に対して三上先輩が「まぁな」と返事をした。あんたも知らなかったのかよ。

「すごいね。どうやって調べたの。なんかそういう話とかしてた？」

浜咲麻衣の手口が気になった僕はジョッキを傾(かたむ)けながら彼女へ訊(たず)ねた。あの警戒心の強い三上先輩から情報を引き出せたなんて、結構すごいことだぞ。

「ううん、飲んでるときとか、デザートの甘いものとか一切(いっさい)食べなかったから、苦手なのかなぁって思って」

「思ったより普通だ」

「普通そうじゃないの？」

あざとい感じで小首を傾(かし)げる浜咲麻衣。僕はグラスに残ったビールを飲み干してすぐに顔をそらした。

「まぁまぁまぁ、三上先輩に渡(わた)してない理由は分かった。じゃあ私は？　なんで私にはなかったの？」

杉野先輩がブンブンと酒が入ったボトルを上下に振りながら抗議をする。そういうところだろとは思ったけど、これは浜咲麻衣の問題なので僕は口を挟まない。

そして詰められてる浜咲麻衣はというと、グラスを両手で持ちながら「うーん……」と言って杉野先輩からの視線から逃れるように斜め上を向いていた。

「えっと、その。杉野先輩ってやっぱり育ちがいいじゃないですか？」

「確かに、私は育ちがいい」

うんうんと一人で勝手に納得し、持っているボトルをラッパ飲みする杉野先輩。育ちが良くてもこんなのが出来上がるのだから、本当に人を育てるっていうのは難しいものだ。

「ちっちゃい頃からきっと美味しいスイーツとかいっぱい食べてるだろうから、そんな杉野先輩に私程度が手作りケーキなんてって思って」

「うん！　それは確かに！」

「まぁ僕くらいなら失敗してたとしても気にしないだろうからねぇ」

「それも確かに！」

「えっ⁉　違うよ？　違うよ？　そういう意味じゃなくて、別に桐島くんだったらなんでもってわけじゃなくて」

「分かってるけどさ。でもビックリしたよ。ワンホール丸ごととは思わなかった」

「そ、そう？　もしかして多かった？」

「いや、あれくらいなら全然食べれるけど。僕はてっきり色んな人に配って最後に残った一ピースだと思ってたから」

「……なに？　桐島君ホールでケーキ貰ったの？」

杉野先輩が疑惑の視線をぶつけてくる。僕は冷静に「そうですよ」と淡白に答える。

「こんくらいのコンパクトなサイズのやつですけどね。にしてもホールが作れるほどって随分材料が余ってたんだね」

「……余ってた？」

「余ってた」

三人が僕の言葉尻を拾う。同時に訝しむような感じでジッとこちらへ視線を向けてきた。失敗した。この言い方じゃなかったらしい。

「ホールが作れるほどってお前それ余ってるとは言わないだろ」

「いや、えーっと」

「桐島君、流石にそれはヘタレ過ぎる。恥ずかしくないの？」

「恥ずかしいって、そんな」

「……はぁ」

「ため息だけ」

三者三様のツッコミに僕は明確にテンパってしまう。時々あるんだ。僕の言うことがスべって三人から詰められることが。しかもいつもだったらこの後に三人がワハハハと笑うはずなのに、今回ばかりはちっとも笑わない。どうなってるんだ。

ビールを飲みながら三人の様子を窺う。ツッコミが一巡したというのに僕の発言はまだ尾を引いているようで、三人とも呆れが入り混じった視線をぶつけてくる。

あまりのアウェー感に僕は空になったグラスを置いて、フーッとため息を吐いた。

「いや……ゆうて僕のために焼いてくれたんですよなんて言えなくないですか？」

「分かってんじゃねぇか！　分かってんならちゃんと言え！」

杉野先輩が大声でツッコんでくる。いやいや、言えるかよ。そういうキャラじゃないし。

「桐島お前、少し変わったと思ったけどやっぱ根っこの部分は変わらんな」

「そりゃそうですよ。人間不信なんですから。僕の人間不信レベル舐めないでくださいよ」

「ブフッ！　なんでそんなっ、フフフフッ、開き直って……アッハッハッハ！」

僕の堂々としたネガティブ発言に浜咲麻衣が声をあげて笑う。それに釣られて杉野先輩が笑い、三上先輩も声を押し殺して笑う。

良かった。変な目で見られたときはどうなるかと思ったがどうやらふてぶてしく開き直るのが正解だったようだ。

ホッと安心して僕はビールをつぐ。ちょびっとしか残っていなくて、グラスの半分にも届かなかった。

＊

早朝四時。ようやく飲み会も終わり、僕と浜咲麻衣は始発の電車に乗るため二人で駅までの道を歩いていた。

杉野先輩は酔いつぶれた三上先輩の介抱のため、お迎えの車に乗って帰っていった。そして僕は浜咲麻衣の介抱。いつもどおりの流れだ。

「洗剤、洗濯用のやつ、もうすぐ切れるから、買っておいて～」

ゴンッと僕の背中に浜咲麻衣の頭がぶつかる。鈍い痛みに耐えながらも、僕はとりあえず「わかったわかった」と返事をする。

朝まで飲んでたんだ。そりゃ酔っぱらうだろう。僕だってちょっとしんどい。

酔っぱらいの相手をするのはもっとしんどいけど。

信号にひっかかり足を止める。するとさっきまで僕の背中に頭をぶつけていた浜咲麻衣が左隣にやってきた。

上体を傾けてジッと僕の顔を覗き込んでくる。なるべく気にしないよう努めたが、すぐに限界が訪れ、僕は「なんですか？」と声を発してしまう。

浜咲麻衣がスッと手を伸ばしてくる。手袋に包まれた指が僕のフェイスラインあたりをなぞる。

「ほっぺた、まだ痛い？」

こちらを心配してくれているような、浜咲麻衣のか細い声に僕はスッと顔を動かす。手袋の滑らかな感触から逃れ、視線を明後日の方向へと固定した。

「大丈夫だよ。おかげさまでちっとも痛くない」

早く信号変わってくれ。歩かなきゃ距離を空けられないんだ。

「ほんとに？」

「へっちゃらです」

「無理してない？」

「ぜんぜん」

平気をアピールするかのように肩を竦める。

本当はまだ痛い。多分まだ腫れてるだろうし、今もズキズキと痛む。

だけどそれを言ってどうなるっていうんだ。素直に痛いって言えば顔の腫れは引くのか。痛みは消えてなくなるのか。

言ってもどうにもならないんだ。それなら相手を心配させないようなことを言ってあげた方がいいだろう。

僕の強がりを見抜いた上で諦めたのか、浜咲麻衣が手を引っ込める。

彼女が今どんな顔をしているのかは分からない。僕の視線は歩行者用の信号機に固定されていて、青になるのを今か今かと待っていた。

「んっ」

浜咲麻衣が小さく声を漏らす。酔いが回って気持ち悪くなったのかと思い、首を回して視線をやると、彼女は僕の左手に向かって手を伸ばしていた。なんだろう、なにを要求するつもりなんだ。タクシー代でもほしいのだろうか。

僕が無表情で首を傾げていると、浜咲麻衣はぷくっと少しだけ頬を膨らませ、さらに右手を突き出してきた。

「歩いてるとフラつくから、てぇつないで」

「嫌です」

「なんで！　さっきはしてくれたじゃん！　私のことひっぱったくせに！」

「あのときは緊急だったから。今はムリ。手汗がすごいから気持ち悪いんだよ」

「手袋してるから気にしないけど？」

「僕が気にする。だから嫌です」

「いやじゃない！」

酔っぱらいらしくキャンキャン怒る浜咲麻衣。僕はいつもどおり冷静に対応する。断った理由は本当だ。誰かと手を繋ぐなんて、そんなの、酔っているとはいえ恥ずかしすぎる。絶対身体が反応してしまうだろう。

信号がようやく青に変わる。ひとまず彼女の要求を無視してそのまま進む。

「じゃあこっち」

横断歩道に入った瞬間、腕を掴まれた。上着の上からギュッと握られ、浜咲麻衣が満足げな表情で隣を歩く。

僕は彼女の手を振り払うことができなかった。いつもの酔っぱらいの突発的な行動だと判断し、ひとまず向こうが満足するまで付き合うことにした。どうせしばらくしたらなにかに釣られて手を離すだろう。

「桐島くん」

横断歩道を渡ったところで浜咲麻衣が僕を呼ぶ。僕は前を向いたまま「なんですか？」と答えた。

「チーズケーキ、食べたってことは、あのメッセージも、読んだ？」

酔ってるにしてはハッキリとした口調で浜咲麻衣が訊ねてくる。

あんな目立つ場所に挟んであったのだから、読んでないとは言えないだろう。僕は少しだけ悩んで、ふぅっと息を吐いて口を開いた。

「読んだよ。君の言いたいことも、理解した」

「ほんとに？」

「これからどうなるかは分かんないけど、まぁ僕もそうだったらいいなって思うよ」

「そっか……大学卒業しても？」

「それはないだろうね。卒業したら、きっと会うこともないよ」

僕の冷たい言葉に浜咲麻衣の腕を掴む力が強くなる。仕方ない、本当のことだ。永遠に続くものなんてないんだから。

桐島朝人と浜咲麻衣を繋げているのは大学のサークルというあまりにもか細い糸だ。元々僕達は別々の世界に住んでいる人間で、酒飲みサークルという環境が一時的に世界線を繋げているにすぎない。

だから、卒業すれば僕達の繋がりは切れる。でもそれでいい。彼女のような人間がいつまでも僕と繋がっているべきじゃない。前を向いて進んでいくというならなおさらだ。

「桐島くんは卒業したらそのときの人間関係なんてもうどうでもいいの？　会わなくてもいいって思える？」

「思えるよ。人間関係だって別に、変わっていくものだし」

「そう、かな。変わらないものだってあるんじゃない？」

「そんなことないよ。少なくとも僕はそう思わない。大学を卒業すれば一人だよ」

「ほんとに？」

「そりゃもう」

「辛（つら）くない？」

「なにも思わないよ」

「私は嫌だな」

ボソリと呟（つぶや）いて立ち止まる浜咲麻衣。腕を掴まれていたせいで僕の足も止まり、仕方なく彼女を見下ろす。

浜咲麻衣はどこか悲しそうな顔をしていた。それでいて、瞳（ひとみ）には確かな意志が宿っているようにも見えて――

「……私は、会いたいよ。ううん、それだけじゃない。桐島くんのそばにいたいって」

「やめてくれ！」

彼女の言葉をピシャッと切り捨てて僕は浜咲麻衣の手を勢いよく振りほどいた。

早朝の駅へと向かう歩道で彼女を睨みつける。

浜咲麻衣は戸惑っているようだった。振りほどかれた手を胸の前に持ってきてギュッと握りしめていた。

「頼むからそんなこと言わないでくれ。堪えられないんだよ、信じられないんだ。君みたいに綺麗で優しくて魅力的な人が僕なんかを気にかけるわけがない。君は騙されてる。熱に浮かされてる。酔ってるんだよ」

「どうして桐島くんに分かるの？　私は騙されてないし熱に浮かされてもない。確かに私は酔いやすいけど、でも全部憶えてるよ。桐島くんは優しくて温かい人だってことを知ってる。だから――」

「だからなんだっていうんだ！　優しくて温かい人間なんて探さなくてもそこら中にいる！　優しくて温かくて、僕なんかよりもっと魅力的な人が！」

「どこに魅力を感じるかなんて、人によって違うよ」

浜咲麻衣の言葉はあまりにも正しくて、僕は思わず顔を伏(ふ)せて地面を見る。分かってる。彼女の言い分は正しい。

でも、だからといって彼女の言葉を受け入れるわけにはいかない。結局最後には自分が傷ついて終わるだけなんだから。

「君は僕のことを珍(めずら)しがってるだけだ。興味があるだけ。うんざりなんだよ。僕は動物園の珍しい生き物じゃない。前にも言っただろ、僕は誰とも深い関係になりたくないって」

「じゃあどうして、今日私を連れ出してくれたの？」

なにも言い返せなかった。

浜咲麻衣の言葉を理解した瞬間、ピタッと口の動きが止まり、慌(あわ)てて顔をあげる。

浜咲麻衣が切ない表情で僕を見ていた。

「どうでもいいっていうなら、私のことなんて、放っておけばよかったのに。どうせ私は飲み会が終われば合流する予定だったんだから」

「それは……」

なぜか言えなかった。君は男に狙(ねら)われていて、二次会でクスリを盛られるところだったんだ。相手は絶対一次会で帰すつもりなんてなかったなんて。

だってそれを言ったところでどうなる。事態が好転するとは思えない。むしろ浜咲麻衣

「それに桐島くん言ってたよ。僕がそうしたいって。あのとき、杉野先輩に言われたからとか、他にも色々理由をつけられたはずなのに、そうしなかったでしょ？」

浜咲麻衣が歩み寄ってくる。

なにも言い返すことができない。視野がどんどん狭まっていく。視線は再びだんだんと落ちていく。

あのとき僕はどうしてあんなことを言った。どうして僕は、僕の感情を優先させたんだ。

（そう言えば、浜咲麻衣がついてきてくれると思ったから？）

違う、そうじゃない。そんなことない。それじゃあまるで、僕が浜咲麻衣の好意を信じているみたいじゃないか。

（僕の気持ちに応えてほしいって、願ったんじゃないか？）

やめろ、どうして僕がそんなことを言うんだ。そんなことはありえない。だって僕は人に好かれるような人間じゃないんだ。応えてくれるなんてそんな都合のいいことが——

「そんなに怯えなくていいんだよ」

気づけば、僕の目の前には浜咲麻衣がいた。

ほんのり甘くて品のある匂いが鼻腔をくすぐる。彼女が手袋を外し、殴られていない方の頬に触れる。柔らかくてほんの少し冷たい指、細くて長い指が頬を撫でて、やがて僕の首筋をなぞる。

僕が怯えているように見えたのだろうか。恐怖と直面して、身体が震えるだけで動けなくなったように見えたのだろうか。

狭くなっていた視野が次第に広がっていく。目の前にいる彼女の顔も段々とハッキリ見えてくる。

浜咲麻衣は笑っていた。憐れむわけでも悲しむわけでもなく、僕に笑いかけていた。

散々おかしなことを言って、傷つける勢いで拒んだというのに、彼女は僕を見て笑ってくれた。

「……むりだよ。こわいんだ」

震えながら絞り出した言葉は、あまりにも情けなくて、惨めな弱音だった。言葉を口にした瞬間、付随する感情が後からやってくる。

視界がまた歪む。だけど今度は狭まっていく感じではなかった。

彼女の輪郭が歪み、視界が滲んでいく。

「自分の想いが相手に伝わってしまうのが怖い。受け入れられるのも、拒絶されるのも、全部怖いんだ。怖くてたまらないんだよ。だって僕は弱くて惨めで情けない人間だ。臆病で逃げ腰で弱虫で、鈍感なフリをしているだけの、愚かな人間なんだ。やっても上手くいかないことの方が多いし、人に好かれるような性格でもない。頑張ろうとしたさ、本当のことを言えば、みんなが羨ましかったから、そうなれるように、努力した。でも駄目だったんだよ。どうにもならなかった。そんな人間を、無能な上に卑屈で陰気な奴を、いったい誰が好きになるっていうんだ。君はさっき僕のそばにいたいって言ってたけど、そんな気持ち、今だけだ。きっと数日後には、視界に入ってくるのも嫌になる」

「……そうかもしれない」

「絶対そうなる。君の好意を引き留められるほど僕は――」

「でも、そうじゃないかもしれない」

耳元から聴こえてきた言葉に、僕はハッとして視線を動かす。

いつの間にか僕と浜咲麻衣はぴったりと密着していて、彼女に抱きしめられていた。

浜咲麻衣の小さな顔がすぐ横にある。頬に髪の毛が触れていて、少しだけくすぐったい。

「未来がどうなるかなんて誰にも分からないよ。桐島くんの言う通り、私が幻滅して捨てるかもしれないし、桐島くんの方が私よりも素敵な人を見つけて離れていくかもしれない。それだって一週間後かもしれないし、一ヶ月後かもしれない。十年後、五十年後っていうのもあるかも」

「そこまで分かってるなら」

「分かってても、今の私の想いを諦めることにはならないよ。思い出したくない過去とか、先が見えない未来とか、私が知りたいのはそんなことじゃない。どうでもいいよ。そんなことよりも、今はこうやって、私の前で泣いてくれた貴方を抱きしめていたいの」

浜咲麻衣が耳元で囁く。優しくて滑らかな声が剥き出しになった心を包んでくれるようで、僕はこのとき初めて、今自分が泣いているのだと気づいた。

僕にとって未来は暗いもので、過去は存在しないものだ。思い出すのは恥ずかしいこと、惨めなことばかりで、ふと夜になんでもないことがきっかけでそれを思い出して気分が悪くなる。

嫌だという思いが強ければ強いほど鮮明に思い出す。僕はその度に頭の中の景色にハサミを入れて、ズタズタに切り刻む。

僕には今しかない。それだって特に大事にしているわけじゃないけれど、できればこの今をこれまでの過去みたいになかったことにしたくないので、自分が傷つかない選択を

――するべきなんだ。

これまで通りなら僕は浜咲麻衣を突き放すべきだ。一時の優しさなんて惨めになるだけだと、吐き捨てて逃げればいい。彼女との関係はそれで終わってしまうけれど、それでい

い。元々友達という関係性ですら不釣り合いだったんだから。一思いに終えてしまえばいい。そうすれば僕は、またいつもの灰色の日常に戻れる。

「僕は——」

ゆっくりと口を開く。ぴったりとくっついた浜咲麻衣の身体は温かくて、柔らかくて、突き放すどころか、指一本動かすことすらできない。

誰かに抱きしめられたことなんて、もう随分となかったからすっかり忘れていた。いや、ただ単純に気づいていなかった。

相手のことを強く求めるほどに、さみしさが加速する。

そのさみしさを埋めるには、こうやって実際に触れて、抱きしめるしかない。

でも不思議なことに、満たされているはずなのに僕の涙は止まらなくて、ただ彼女のことを離したくないって、それだけを思ったんだ。

「僕はもう、自分を呪って生きていくのは嫌だ。まっすぐに君を好きだって、言いたいよ」

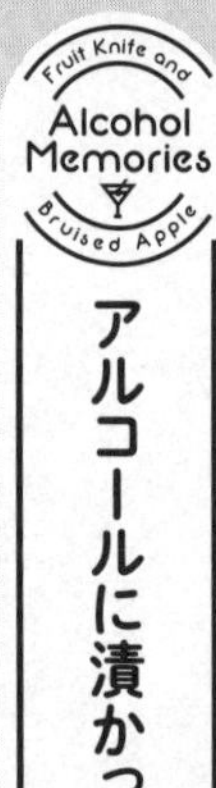

どうして泣かないんだろう。苦しそうに息を吐く彼を見て、私の方が泣きそうになってくる。

彼は優しくて、優しすぎるから、きっと、自分の弱さが許せないんだろう。

だから泣かない。だから泣けない。ずっと苦しみを内にため込んで、それがなくなるのを待っている。

でもいつか、ため込んだ苦しみで動けなくなって、倒れてしまうんじゃないのだろうか。自身がひどく傷ついた過去をなんてことないみたいな顔で語る彼を見て、私はまた泣きそうになってしまった。

もっと笑っていてほしい。そんな、なにもかも諦めたような顔をしないで、先輩達といるときみたいに、もっと楽しい顔を見せてほしい。そう思うのは、きっと私が彼のことを好きだから。

だけど彼はきっと私の想いを拒むのだろう。色んな言葉を用意して、それで私の前に壁を作る。

扉でもなんでもない、本当の壁だ。外からも中からも開けられない固い壁。

きっと今の私のままじゃその壁を壊すことも、越えることもできない。

杉野先輩はその壁を強引に打ち破って、中へと入りこんだ。

三上先輩は彼が気付かないうちに、いつの間にかしれっと内側に入っていた。

私にはそんな力はない。だから変わらなきゃ。誰かに変えてもらうんじゃなくて、私の意志で変わらなきゃいけないんだ――

「とは思ったけど……さすがにこれは、どう、なんだろう」

クリスマス当日、ガヤガヤとした喧噪の中で、私はひとり呟く。

少し聴こえていたのか、隣の席にいる友人が「ん？　どしたの麻衣」と声をかけてくる。

私は飲もうとしていたお酒を口に入れる寸前で止めて、「なんでもない」と言って微笑む。

複数の友達から誘われたクリスマスの飲み会。予定では六人くらいの小規模な飲み会と聞いていたのだが、当日集合場所へ行くと、二十人以上の人が集まっていた。

私の左隣には友人の女子が、向かいの席には男子が代わる代わるで話しかけてくる。

これもまぁ変わるために必要なものだ。皆と仲良く。自分に言い聞かせながらお酒をグッと流し込む。

「麻衣ちゃんペース早くね？　結構強いの？」

ビールを飲みほしたところで、目の前の男子がグイッと身を乗り出してきた。

強いって、まだ二杯しか飲んでないのに。酒友会じゃビールの中ジョッキ二杯なんて、挨拶みたいなものだ。

もちろんここでそんなことを言ってもしょうがないので、私はニコニコ笑いながら「そんなことないよー」なんて高い声で答える。

「お酒自体は好きだけど、そんなに強くないからこっからどんどんペース落ちてくかも」

「またまたぁ～遠慮しないでいいんだよ？」

「はーい、頑張りまーす」

適当に返事をしながら申し訳程度に添えられたサラダを取る。そうしていると頼んでもいないのにまたビールが運ばれてきた。

「麻衣ちゃん、まだいけるっしょ？　飲んじゃおうよ」

「えっ、えーっと、まぁ、いいけど」

「おいアルハラすんなよー麻衣ちゃん困ってるから」

「はぁ？　いや別にそんなんじゃ」

「安心して麻衣ちゃん。これ俺が片づけるから」

「よく言った！　一気にいけ！」

「いいぞ！　イッキイッキ！」

なんなんだ。男の子の独特のノリについていけず、私の前に置かれた中ジョッキはいつの間にか見知らぬ男の子の手にとられ、一気に消費されていく。

さっきからずっとこんな調子だ。一人の男子が私にアプローチをかけてきたかと思ったら、別の男子がバタバタと割り込んでくる。

（……つまんないな）

代わりにもらったレモンサワーを飲みながら心の中で悪態を吐く。

刺激的（しげきてき）な話なんてない。魅力的な人なんていない。

やっぱり出なくても良かったかな――なんて思っていると、不意に騒（さわ）がしかったテーブルが静かになった。

というより、ガヤガヤと常に騒がしい感じだったのが、ザワザワとどよめいているといった感じだ。なにかあったのだろうか。

「どうしたんだろ。なんかあったのかな？」

「なんかあったっていうか……麻衣、後ろの人」

「誰このひと、知り合い？」

「浜咲さん」

聴こえてきたのは彼の声だった。

なんで、どうして。こんなところに。彼が一番苦手な場所のはずなのに、どうして——

「……桐島くん？」

びっくりして見上げると彼はいつもと違って、いや、いつも以上に真剣な顔をしていた。

「なに？　麻衣ちゃんこのひとと知り合い？」

「う、うん。同じサークルの」

「一緒に来て」

突然の接触——なんて言い方はちっとも正しくなくて、彼は私の目をジッと見つめながら、ゆっくりと、私がこれ以上驚かないように手を重ねてきたのだ。

不快感も嫌悪感もなかった。あのときみたいに、体中を電気が走るような感覚はなくて、彼の手は驚くほど冷たかった。

できるだけ接触しないようにしてきた彼が自分から私の手を握ってくるなんて、よほどのことがあったのだろう。彼の「コートを」という声に応じてすぐに回収する。

その後ひと悶着あったけど、私達はなんとか飲み会から離脱することができた。

「殴られるって、分かってたでしょ」

先輩達が待っているお店に向かう途中で、私は彼に訊ねる。

彼は殴られた側の頬に指で触れながら「いいんだよ」と言って笑った。

「ああでもしなきゃ、君を連れ出せなかった」

殴られたというのに、彼はかすかに嬉しそうな顔をしていた。ことが思い通りに運んで満足げな顔だ。

あぁ、この人はいつもこうだ。こうやって、肉体的にも精神的にも、自分を犠牲にして。その場を収めようとする。自分が損することで物事を解決しようとする。痛くて、苦しくて、つらいはずなのに、そういう役割だからと自分に言い聞かせ、私を説き伏せて、もう終わったことだと、先へ進もうとしてしまう。

そんなの、悲しすぎる。どうしてあんなにも色んな人に傷つけられて、彼自身は誰も傷つけようとしないのだろう。どうして、傷ついたままでいられるの。

「……優しすぎるよ、桐島くんは」

隣を歩いている彼に聴こえるように呟く。

しかし彼は何事もなかったかのように、いつもの淡白な顔で歩き続けるだけだった。

この位置じゃ、きっとダメなんだ。

彼の目の前で、もっと近くで、ちゃんと伝えなきゃいけない。

私は変わらなきゃいけない。まずは私のほうから、彼を抱きしめなきゃいけないんだ。

それから

とある映画を観た。

最近話題の監督、というより脚本家が手掛けた作品で、最初こそ上映館数は少なかったが、口コミが口コミを呼んで、今や全国で上映しているという話題作だ。

死にたくない子供と死にたがりの老人。愛によって生きてきた男と、愛によって傷ついた女。売れない小説家と売れてるミュージシャン。その脚本家は多くの対比を描き、人間の愛憎を描ききっていた。

彼が描く対立構造は初見だと単一的で人の一面を深く描写するような作風なのだと錯覚するが、物語が佳境へと近づき、様々な隠された真実が明かされると、それまで一面しか見えなかった登場人物達の多面的な部分が見えてくる。

恥ずかしながら白状すると、僕はその映画を観て泣いてしまった。

劇場で観たときはそうでもなかったのだが、少し気になってその帰りにレンタルビデオ店で同じ脚本家の別の作品を借りて家で観たのだ。

それは四編がひとつにまとまった短編の映画だった。ここにもまた誰かと誰かの対比が描かれていて、話だって、公開中の映画と比べればいささか平凡ではあったけど、それでも、四編観終えたあと、僕は部屋で独り涙を流していた。

なんで泣いていたのかは分からない。単純に感動したから泣いたのかもしれないし、映画の中でどこか傷つくような要素があったのかもしれない。

とにかく、僕はこの映画を観て初めて本当に好きなものができたのかもしれないのだ。

そんなこんなで季節が巡り、僕は三年生になった。

三上先輩は卒業して芸人の養成所に入り、杉野先輩は四年生になったがおよそ就活らしいことをしていなかった。実家の企業の適当なポストにおさまるからどうでもいいらしい。

杉野先輩がサークルの会長になったことで、酒飲みサークル『酒友会』は変わった——

あまりにも劇的に。

「今日は私の奢り！　アホほど飲めバカどもが！」

店内奥にある一段高いステージの真ん中で杉野先輩が宣言する。

「うおぉおぉおぉ！」

「いえぇえぇえぇ！」

「きゃあぁあぁあぁ！」

「サイコゥ！　サイコゥ！　サイコゥ！」

広い店内のいたるところから歓喜の叫び声があがる。僕は端っこの席で一人ビールのジョッキを傾けた。

杉野先輩がオーナーのモンゴル料理の店だ。なんでも去年父親の仕事の手伝いから逃げ出してモンゴルへいったとき、現地民と随分仲良くなったらしく、仕事がなくて困っていた人達を引っ張ってきたらしい。学生向けの店とは思えないほど本格派の店で、それなりに好調らしい。

まぁ杉野先輩の店はともかく、問題はこの狂喜乱舞の大騒ぎだ。店内には酒友会に入っている学生が約三十人ほど。男女問わず三十人だ。去年までたった四人で酒を飲んでいたのが信じられない人数である。

それもこれも杉野先輩の采配だ。新しく入ってきた一年生をじゃんじゃん引き入れ、気づいたときにはサークル棟の部屋に入り切らないほどに膨れ上がっていた。

とはいえ変わったのは人数くらいで、活動自体は健全にお酒を楽しむサークルのままだ。僕はてっきりたくさん人を集めて乱交パーティーでも開催してその中で違法ドラッグでも配るつもりなのかと思ったが意外にもそういったことはなかった。それどころか杉野先輩は酒友会のメンバーに他の大学での飲み会への参加を禁じた。もちろん他の大学から人を入れることもだ。さらにサークルへの加入条件に二十歳以上という設定をした。自由に暴れたい奴はテニサーかオーラン、それかインスポのサークルにでも行けと言い放ったのだ。もしかしたら杉野先輩にもなにか思うところがあったのかもしれない。

新一年生の中に浜咲美咲がいた。残念ながらサークルにはまだ入れないが、それでも姉と同じ大学ということで時々構内を一緒に歩いているところを見かけた。

「桐島君、楽しんでる？」

どんちゃん騒ぎを眺めながらしばらく酒を飲んでいると、僕が座っているテーブル席に杉野先輩がやってきた。最初とは違う酒のボトルを持っていて、ちょうど空になったジョッキにドバドバと酒を注いでくる。

「楽しんでますよ。おかげさまで」

「ふんふん、そりゃよかった。でもいいの？　麻衣ちゃんのこと、放っておいて」

「いやそもそもあそこに放り込んだの杉野先輩でしょ」

「わざとじゃないんだよ？」

「別になんでもいいですよ」

先輩に注いでもらった酒をグビッと飲む。思ってたよりもアルコールの感じが強くなくて拍子抜けしてしまった。

そう、この飲み会には当然浜咲麻衣も参加している。彼女は今一番でっかいテーブルにいて、男子と女子が入り混じった群れの中で色々お喋りをしている。

そして浜咲麻衣のテーブルの周りには、お喋りをしながらも彼女に興味津々な男子がいっぱいいた。これもまぁいつもどおりだ。

「にしても、多いですね」

「ん？　麻衣ちゃんのこと狙ってる男の子？」

「それもそうですけど、全体的にですよ。いくら三上先輩がもういないからって」

「三上先輩は知ってるよ。私が人を増やすつもりだったこと」

勝ち誇ったような杉野先輩の表情とその言葉に僕は酒を飲むのをやめて目を見開く。

あの三上先輩が。新しく人を入れるのをあれほど嫌がっていた先輩がまさかこの状況を許しているなんて。それとも自分が卒業したからどうなろうと構わないのだろうか。

「よく先輩が許してくれましたね。どんな汚い手ぇ使ったんですか」

「もしかして私がいつも汚い手を使う人間だと思ってる？　そうじゃなくて、先輩と賭けをしたんだよ」

「賭け？」

「そう、条件聞きたい？」

「興味はありますね」

「ふふん、『俺が卒業するまでに浜咲が桐島をモノにするかどうか』だよ」

「えっ、マジですかそれ」

普通に驚いてしまった。まさかそんなことが僕の知らないところでされていたなんて。しかも僕じゃなくて浜咲麻衣が落とす方なのか。

ていうか三上先輩ってそういうこと普通に言う人なんだな。モノにしたらなんて、なんか、あんまり先輩っぽくない言い方だけど。

「で、勝ったのは先輩。それで、付き合ったばかりの二人に私の相手をさせるのは可哀想だから、人を入れろって言われたの。まぁぶっちゃけ私は桐島君が麻衣ちゃんとペッティングするような仲になるとは思わなかったからほとんど諦めてたんだけどね」

「普通にペッティングとか言わないでください。まぁそういう仲になるとは思わなかったっていうのは僕も同じですけど」

「でしょ？　桐島君のことだから、麻衣ちゃんのことを好きになっても無理だからってヘタれて諦めるだろうし、麻衣ちゃんの方が好きになってもそんなの無理だーって言って逃げると思ったんだけどねぇ」

貰った酒を飲みながら僕は気持ちが沈みそうだった。本当にこの人はよく分かっている。

まさかここまで僕の揺れ動く心情を把握されていたなんて。そんなにも僕は分かりやすい人間なののか。

だがしかし、そんな杉野先輩の思惑は外れてしまった。三上先輩の方が人を見る目があったようで、そして僕よりも浜咲麻衣の方が一枚上手だった。

「あいつらはなんだかんだで似た者同士だから、上手くやると思うけどなって、三上先輩が言ったの。だから先輩と賭けてたんだよ？　二人がくっつくかどうか」

「人の恋路で賭け事をしないでください」

「私百二十万失ったんだよ？　桐島君が麻衣ちゃんと結ばれてしまったばかりに」

ブッと勢いよく酒を噴き出す。突然出てきたでっかい数字に僕はゴホゴホと咳をして杉野先輩の言ったことを反芻する。

百二十万ってなんだよ。なんでそんな大金賭けてたんだよ。バカみたいに金を持ってる杉野先輩ならともかく三上先輩は大丈夫だったのか。

近くにあったおしぼりで口元を拭く。杉野先輩はケタケタ笑いながら酒を飲んでいて、少し遠くの席にいる浜咲麻衣が心配そうに僕を見ていた。

「百二十万って、金も賭けてたんですか？　しかもそんな大金を……」

「三上先輩が言ったんだよ。そのとき先輩は口座に十二万しかなかったらしいけど」

「どんだけ勝つ自信あったんだあの人」

ていうかそれなのに三上先輩からそういう恋愛的なサポート一切受けなかったぞ。いや、かといって僕と浜咲麻衣をくっつけるために色々サポートしてくる先輩も普通に見たくないけど。

「まぁでも、良かったと思うよ。私は」

杉野先輩がグラスを弄びながら目を伏せて呟く。さっきまでケタケタと笑っていたくせに、急にそんな、どうしちゃったというのだろう。

「麻衣ちゃんはなんか色々思い悩んでたみたいだし、桐島君は渇ききってたし。まぁいつまで続くかは分かんないけどね」

「それはそうですね。僕もそう思います。まぁいつ捨てられてもいいようにはしてますが」

「卑屈くんだなぁ相変わらず」

「根暗くんでもありますよ」

先輩からおかわりを貰ってスッと口に運ぶ。うん、やっぱり先輩が飲んでいるお酒にしてはクセがなくてスッキリしてる。飲みやすい。

ここ最近で好みが変わったのかな。どういう酒か確認しようと顔を上げるが、しかし杉野先輩は既に僕のテーブルから離れていた。

杉野先輩が店内の中央にある大きなテーブルへと向かう。太い柱を囲むように少し背の高いテーブルには浜咲麻衣を中心としてたくさんの男女が入り混じって談笑している。

「こらそこ！　口説くの禁止！」

杉野先輩がボトルをかかげて、浜咲麻衣と距離を詰めようとしていた男子に向かって声を張り上げる。先輩に絡まれた一年生の男子はビクッとしながらも「なんすか〜」なんて言って笑っていた。

「まったく、浜咲麻衣は私が引き当てた超ＳＳＲなんだから。そこら辺の男に持ってかれちゃ困るのよ」

浜咲麻衣のすぐ隣にぐいっと入り込み、杉野先輩が酒を飲む。いきなりの乱入にもかかわらず、浜咲麻衣は笑っていて、他の男子女子は戸惑いつつも笑っていた。普通の男子ならここで「まぁまぁ」とか「いいじゃないっすか」みたいなことを言って先輩のことを無視して浜咲麻衣へ狙いを戻すのだろうが、残念ながら酒友会の男子は普通じゃない。皆が皆、杉野先輩にめちゃくちゃ奢ってもらっているのだ。つまり僕と同じ。杉野先輩には頭が上がらない。

「ええ〜俺らチャンスないんすか？」

「ない！　と言いたいところだけど、私も鬼じゃないからね。チャンスをあげてもいい」

「マジっすか⁉」

「いや、あの、杉野先輩？　私の意思はどこに？」

「麻衣ちゃんが好きな男のタイプ、どういうやつか分かる？」

「えぇ～分かんないっすわ。なんなんですか？」

「先輩？　聞いてないんですか？　杉野先輩？」

「言い当てちゃうんだけど、酒が強い男。泥酔した自分を送り届けてくれる男だね」

　ドヤ顔での宣言に店内が沸く。「おぉ～」と合ってるのかどうかよく分からない歓声が沸き、ずっと無視されてる浜咲麻衣が複雑な表情を浮かべる。

　酔った彼女のこれまでの奇行が脳裏に浮かび上がる。タオルを顔に巻いて酒を浴びたり、カウンターの中に入ってかくれんぼを開催したり、消火器をひたすら撫でた後に持ち帰ったり、店の前のベンチに知恵の輪みたいに絡まって動けなくなったり、公園で風に飛ばされるブルーシートを見て「あおいワンちゃん！」と言いながら追いかけたり、まぁ色々だ。

　帰りにどっかの店の看板とか壊すかもしれないけど。

　流石に今日は大丈夫だと思う。先輩がオーナーをやってる店で物を壊したりはしないはずだ。

「ということで、皆たくさんお酒を飲みなさい。残ったやつが浜咲麻衣を口説くことができるってことで」

にっこり笑って杉野先輩が宣言する。皆、というより主に男子が「うおぉおぉ！」と雄叫びをあげ、いっせいにビールを呷る。

勝手にレースの景品にされて困ったように笑う浜咲麻衣。楽しそうだと思いながら、僕はクッと酒を流し込んだ。

＊

気づけば店内で明確に意識を保っているのは僕と杉野先輩だけになった。

殆どの人間が寝てるか潰れてるか帰ってしまった。仕方がない。杉野先輩が次から次へと酒を流し込んでくるのだから。

「おらぁ～一年、まだまだあるぞぉ～」

かろうじて生き残っていた一年生の男子に杉野先輩が酒を押し付ける。モンゴルが起源の馬乳酒を日本人向けにアレンジして飲みやすくしたものらしいのだが、あんなにも立て続けに飲まされたら堪えられないだろう。

僕は席を立ち、中央のテーブルへと向かう。顔を赤くして「もうむりっす～」とうわ言のようにぼやく一年生を助けるためだ。言うて僕もまぁまぁ限界が近いのだが。

「杉野先輩、普通にアルハラですよ」

酔っているふりをしている杉野先輩の手から酒が入った器を取り上げる。

必死に平静を保っている僕を見てニヤリと笑う杉野先輩。この中の誰よりも飲んでるのにちっとも顔が赤くなっていない。

「ええ〜？　じゃあ桐島君が飲んであげなよ」

「そう言うと思ってました」

即答して酒を喉へ流し込む。アルコール度数自体はそれほど高くないのだが、単純に量が多い。飲み会終盤で飲む量じゃないだろう。

「おぉ、いい飲みっぷりだね。流石私の一番弟子」

「破門してください。みんな見事に潰れたことですし僕はもう帰ります。ごちそうさまでした」

早口でお礼を言って空になった器をテーブルの上に置く。最後の生き残りの一年生はとうとうふにゃんと倒れ込み、置いた器に顔から突っ込んだ。

少しして一年生男子から寝息が聴こえてくる。空になった酒瓶を抱いて眠っている姿はなんだか三上先輩を彷彿とさせた。

「麻衣ちゃんならトイレだと思うよ」

後ろから杉野先輩の声が聴こえてくる。振り向くと彼女はまた別の酒を飲んでいて、フフンとなんだか意地の悪い笑みを浮かべている。

先輩の笑顔の意味はともかく、「どうも」とだけ言って僕は店内奥にあるトイレへと向かう。途中で浜咲麻衣のコートとバッグを回収しておく。

トイレの近くまで来たところで、浜咲麻衣が現れた。普段は真っ白な彼女の肌は少しだけ赤くなっていて、大きな目はトロンと眠たげだ。「大丈夫？」と声をかけると、彼女は僕の方を見て、パチパチと瞬きをした。

やたら大きな目が僕を捉えてくる。気だるそうな表情が変わり、浜咲麻衣がぱぁっと笑顔を見せる。

「へーき、ぜんぜんらいじょーぶ。らいじょーぶらよぉ～」

「とても大丈夫には見えないけど。随分ゴキゲンで……さっきトイレで吐いた？」

「はいれない！　なんでそんなことときくの！」

「いやなんか顔だけはスッキリしてるから……まぁいいや、とりあえず帰ろう。もういい時間だよ」

「んぅ、かえる。出してすっきりしたし」

「吐いてんじゃん」

「はいれない」

子供みたいな声で返事して浜咲麻衣が僕の後ろへと回り込む。

なんなんだ。帰るんじゃなかったのか。まさか僕の上着のパーカーで口拭いたりとかしないだろうな。おい、なんで僕のリュックを取ろうとしてるんだ。肩から外すな。

「ちょっとお姉さん、なにしてるんですか」

僕を無視して浜咲麻衣はリュックをズルズルとずらしていく。なんだこれ、こんなのこれまでなかったぞ。

されるがままの僕はあっという間に背負っていたリュックを下ろされてしまった。仕方なく背負い直そうとしたら、ズシンと背中になにか重いものが乗っかってきた。

確認するまでもない、浜咲麻衣だ。なるほどリュックが邪魔だったらしい。

「すいません、下りてもらってもいいですか？」

「かえる。駅まででいいよ」

「そりゃどうも、気を遣ってもらって」

早々に諦めてリュックを前で抱え直す僕。こうなったらもうだめだ。滅多なことがないと下りないだろう。

浜咲麻衣のバッグとコートを持って、浜咲麻衣自身をおんぶして、僕は店から出る。一応言っておくが僕だって酔ってるんだぞ。いくら彼女が身長の割には軽いとはいえ、成人した人間をおんぶするっていうのは正直きつい。

店のドアをどうにか開けて外に出る。現在時刻は深夜〇時十六分。ここから駅まではあと七分程度だからなにもなければすぐに着くはず——

「みてあそこ！　たこす！　たこす売ってる！　たこす食べよ！」

「うるせぇー」

まぁ、なにも起こらないわけがない。

おんぶしている浜咲麻衣からバンバンバンと頭を叩かれ、さらに無理矢理ぐりんと頭を掴まれて回される。確かに視界の先にはタコスを売っているフードトラックがあって、ずんぐりむっくりの店主が客っぽい女性とお喋りをしながら笑っていた。

いつものご飯の要求だ。目について思いついたことを言ってるだけで本当にタコスを食べたいわけじゃない。

ゆえにこの要求は無視。酔っぱらいの言動に一々付き合っていたらキリがないのだ。

「ねぇたこす！　たこすは⁉」

「はいはい、また今度ね。ほら、むこうにイルミネーションがあるよ。木に電球が巻き付いて綺麗だね」

心にもないことを棒読みで呟く。それでも彼女の興味を惹きつけることはできたようで

「どこ⁉　どこにあるの⁉」なんて大声で叫びながらぐわんぐわんと揺れる。

今のうちに進もう。僕はひたすら前を向きながら夜の東京の街を歩く。

深夜といってもここは東京都内、まだまだ人が多い。大きな声で騒ぎながら歩いている人なんて珍しくもなく、浜咲麻衣がキャンキャン吠えても問題ない。

とはいえ、目立つことには目立つ。たとえ酔っ払いでも浜咲麻衣の美貌は見劣りしないので通りすがる人がまず彼女を見て、次におんぶしている僕を見て、また浜咲麻衣を見る。変な組み合わせだとでも思われているのだろうか。僕もそう思うよ。未だに信じられないんだから。

「コンビニ、コンビニいこっ。おみずのむから」

駅までもう少しというところで耳元で浜咲麻衣が囁く。少しドキッとしながらも首を回すとすぐ近くにコンビニがあった。

水か、水なら仕方がない。必要なものだ。コンビニの入り口まで来たところでひとまず彼女を下ろす。すぐ背中辺りに頬をくっつけてきたが僕は何も言わずコンビニへ入る。

「んぅ、これ。これ買って」

店に入ってすぐに浜咲麻衣が要求してきたのはカップ焼きそばだった。塩カルビとバター香る明太子のダブルで二百八十グラムの大盛り。

水飲むんじゃねぇのかよ。「かってぇ～」と甘ったるい声でおねだりしてきたそれを僕は無言でカゴに入れる。

ここで関係ないからダメなんて言ったら絶対ゴネられる。最悪泣いて騒がれてしまう。そうなったら不利なのはどう考えても僕だ。最終的に泣くのも僕。

こんなジャンキーなものを彼女が食べるとは思えないが、ひとまず買っておこう。それで気が収まるなら安いものだ。

冷蔵棚の前まで来て水を取ろうとしたところで、グイッと引っ張られた。

確認するまでもないだろう。浜咲麻衣だ。僕の腕を引っ張ってアイスが並んでいる冷凍庫の前まで連れていかれる。

「アイスも食べるの？」

「うん、えーっと、いちごとぉ、ティラミスだって。どっちがいい？」

冷凍庫から一個二百円以上するアイスを二つ取って楽しそうに笑う浜咲麻衣。酔ってるからとはいえそのアイスをチョイスするなんて、これだから金持ちは。

「どっちが好き？」

右手と左手、それぞれにアイスを持ち、小さな顔の前で見せつけてくる。

相変わらずめんどくさいと思いながら、僕は「こっちかな」と言ってティラミス味を持っている左手に触れた。

本当はどっちもそんなに好きじゃないけれど、いちご味は彼女が好きなので、そうなると僕の選択肢は一つしかない。

「こっちがいいの？　じゃあわたしがこっち食べる」

器用に指を動かして、僕の手を絡めとってくる。頬を赤くしながらの上目遣いに僕は咄嗟に顔を逸らし、ニヤケを防ぐために顎が外れる勢いで口を開ける。

その後なんとか水をカゴに入れ、そのままレジに向かう。

外国人のアルバイトが無愛想にレジを打つのを眺めていると、ふと、違和感に気づく。

さっきまで背後にあった気配がなくなってる。またなにか買おうとしているのかと首を回すと、ちょうど瓶のカクテルを二本持った浜咲麻衣が笑顔で立っていた。

「これもかって。のもー」

「……あいよ」

瓶のカクテルを受け取ってレジカウンターに置く。アルバイトの男性は表情一つ変えず追加された酒をレジに通す。

会計をして、買ったものをリュックに入れる。「買ったんで、行きましょう」と声をかけると彼女は満足そうに微笑み、再び僕の後ろについてきた。

ひじょうに幸いなことに、その後も浜咲麻衣は特にゴネることなくついてきてくれた。駅に辿り着き、改札を通り、そのまま電車に乗る。

「さっき買ったおさけ、飲みたい」

電車に乗り込んだところで、浜咲麻衣が言い出した。「もう飲まないほうが」と言う隙もなく、彼女は僕のリュックを開けてゴソゴソと中を漁る。電車内で酒を飲むなんてと思うが乗客はかなり少ないし、今のところ誰にも迷惑はかけてないし、大丈夫だろう、多分。

「あけて」

彼女が僕に瓶を差し出してくる。パキッと蓋を開けて返すと、浜咲麻衣はリュックをクッションにして僕に寄りかかってきた。

僕の身体に対して横を向き、両手で瓶を持ってお酒を飲む浜咲麻衣。彼女の小さい頭が僕の首元に埋まり、ツヤツヤでサラサラの髪が首をくすぐる。とんでもない密着度だ。触れている部分を意識しないよう平静を保ち、上部の路線図を無心で眺める。

乗客からの視線を感じる。見られている気がするのだ。電車内でベタベタしてんじゃねえよとか、そもそも酒飲むなとか、お前ら釣り合ってないだろとか色々思っているのかもしれない。まぁ全部本当のことだ。ベタベタするなも酒飲むなも、釣り合ってないも。特に釣り合ってないはそう。僕も強くそう思う。

視線にさらされながらも路線図を眺めていると、やがて浜咲麻衣の自宅の最寄り駅に着いた。彼女を連れてそそくさと電車を降りる。

改札を抜けて夜の道を歩く。ここまでくればあと数分で彼女が住んでいるマンションだ。

「……なんか、トイレ行きたいかも」

オシャレな小道を歩いていると、浜咲麻衣が後ろで呟いた。

嫌な予感がして振り向くと、不快そうに唇を噛み締めている彼女がいて、僕は思わずうわぁっと顔を歪める。

「えっと、どんくらい行きたいの？　今すぐ？　それともぼんやりと？」

「しんじゃうかも」

「おいおいおい！」

浜咲麻衣の返事に僕は柄にもなく声を張り上げた。

僕が目に見えて慌てたのが面白かったのか、浜咲麻衣がブフッと思いっきり噴き出す。

「あははっ！　めっちゃ焦ってる！　やばっ！」

「やばいのはそっちだろ！　あぁもう、ほら行くぞ！　家までもう少しなんだから！」

「ねぇおんぶ。家までおんぶして運んで」

「いや遊んでる場合じゃないんだよ。早くどうにかしないと多分君泣くぞ!?」

「だって、これ以上動いたら……もう、ね？」

「なぁんで駅に着いたとき言わなかったんだ！　ほら早く乗って！」

仕方なく浜咲麻衣をおぶって、足をもつれさせながらもダッシュする。

最悪のケースとしては、結局間に合わず漏らす。浜咲麻衣が大泣きする。彼女はもちろん、おんぶしている僕もビショビショになる。翌日それを思い出して彼女が数日落ち込む。

そう、浜咲麻衣はどれだけ酔ってもそのときの記憶があるのだ。彼女は酒を飲んで過去の嫌なことを忘れることはできるが、今日の醜態は忘れられない。

これまでも色んなことをしでかしてきたけど、今回ばかりは悠長にしていられない。どうにか大事故が起きないように急がなければ。

深い夜の都会を僕は必死に駆ける。自分にはもったいないほど綺麗な恋人の尊厳を死守するために。

＊

浜咲麻衣の部屋のリビングに辿り着くと同時に僕はドカッとソファに座り込んだ。

なんとか間に合った。浜咲麻衣の尊厳は無事守られたのだ。

まぁそもそもおしっこが漏れそうだからおんぶして運んでもらった。なんて話自体が彼女にとっては屈辱なのかもしれないが。

「あー膝が笑ってる」

プルプル震える自分の膝を見る。成人女性一人を抱えての全力ダッシュ。散々酒を飲んだ後にすることじゃない。

そう、僕だって結構な量の酒を飲んでいるのだ。千鳥足になるほどじゃないけど、それでも多分明日は筋肉痛と二日酔いできっと酷いことになる。

ガラッとドアが開いて、洗面所から浜咲麻衣が出てきた。最低限の化粧を落とした顔でボーッとしながら歩き、僕の隣に座り込む。

「ねむい、もうねます」

呟いた瞬間、彼女の頭が僕の太ももの上にのっかる。これじゃあ動けない。

「寝るのはいいけど、ベッドに行ったほうがいい。ほら、起きて」

浜咲麻衣の頭と肩を持って起き上がらせる。「え～」と言いながらも彼女はどうにか起き上がる。

僕は立ち上がり、浜咲麻衣の前でかがむ。目をトロンととろけさせながら、彼女が僕の首に腕を回した。

「ねるから、はこんでぇ」

こちらに甘えてくるような声色に背中が熱くなる。残り少ない理性が沸騰して蒸発する前に根こそぎ回収し、僕はおそるおそる座っている彼女の腰に手を回す。

あまりにも細くて驚くほど柔らかい腰に触れ、劣情を抑え込んでこちらへと引き上げる。立ち上がると目の前に浜咲麻衣の顔が現れ、さらに彼女が「んぅ」と声を漏らしてムギュッと抱きついてくる。

がんばれ僕の理性。酒の勢いに負けるな。一旦落ち着くため深呼吸をしようとするが、どうにか思いとどまる。だめだ、こんな密着した状態で深く息を吸ったらもうどうなってしまうか分からない。

呼吸を我慢して息苦しさに堪えながら浜咲麻衣を寝室へと運ぶ。ソファをグルッと迂回して引き戸を開ける。窓の近くに薄いピンク色の布団が敷かれたベッドが鎮座していた。

彼女の寝室に入るのはこれで三回目だった。リビングとは違い、服だとか雑貨だとか化粧品だとか、とにかくここは浜咲麻衣という人間の生活感に溢れている。傷が入っているコンパクトなサイズのタンスの上には写真立てがあって、家族写真、妹である浜咲美咲との写真、大学での友人との写真に、酒飲みサークル『酒友会』での写真もあった。三上先輩と杉野先輩、浜咲麻衣、ついでに僕が写っている。

甘い毒を飲まされている気分だった。多分このままここにいると僕は満ち足りた気分で死んでいくのだろう。

「はい、着きましたよ。ベッドに到着です」

まだ身体がこの部屋に慣れていない。なるべく早く撤退しなければ。浜咲麻衣に声をかけて僕は彼女をベッドへ下ろした。

「もうねるぅ～」

「そうしてくれ」

横になる彼女へそっと掛け布団をかける。後はもう電気を消して立ち去るだけだ。

だが浜咲麻衣はそのまま眠ることなく僕の顔を見上げてきた。なにか言いたそうな顔で僕を見てくる。

「朝人」

浜咲麻衣が僕の名前を呼ぶ。小さくて白い手をスッと出してきて僕の手に触れた。

「なんですか？」

「朝人はこれからどうするの？　まだかえれる？」

「どうだろうね。まだ終電は大丈夫だと思うけど」

「ふーん……」

ぼんやりした表情で浜咲麻衣が僕を見上げてくる。「じゃあ帰るよ」と言おうとしたところで、彼女がギュッと僕の手を握ってきた。

「ねぇ、手ぇはなさないでね」

「それは……別にいいけど、いつまで握ってればいい？」

「えぇ～ずっと」

「ずっとは無理だよ。帰れなくなる」

僕の返事がお気に召さなかったらしい。浜咲麻衣がムッと口を尖らせて仰向けから横向きになる。

僕のことを睨んで、さっきよりも強く握りしめてきた。

「かえりたいの？　せっかく彼女の家にきたのに？」

「今日のところはね。君も酔ってるみたいだし」

「むぅ、わたしのこと、好きじゃないの？」

「好きだよ。ほんとに」

「どのくらい？」

「そりゃ、気が狂いそうなくらい」

「そんなに？」

「おかしくなりそう」

「いいよ、おかしくなっても」

浜咲麻衣が嬉しそうに笑う。あぁもう最悪だ。かなり酔ってる。

「私がねるまでね」

こみ上げてくる羞恥心に頑張って堪えていると、浜咲麻衣がぼそっと呟いた。

「寝るまで？　えっと、あぁ、寝るまで手を握ってればいいってこと？」

「うん、それまではなさないで。ぜったいだよ？　ぜったい……」

喋りながら浜咲麻衣の瞼が下りていく。僕はひとまずその場に座り込み、寝息をたてはじめた彼女の顔を眺める。

振り回されてんなぁ、なんて思いながら浜咲麻衣の手に視線をやる。ギュッと握りしめられた右手は簡単に解けそうもない。

どうにかメイクを落として、それでも綺麗な顔で寝る彼女を見て、僕はふと、以前観た短編映画を思い出す。

特典映像で脚本家と監督の対談があり、作品に関する解説や関係ない話をしていた。

その中で原作小説の作家と脚本家が当時熱愛報道されていて、それに関して脚本家がコメントをしていたのだ。

『私と彼女との関係はまさにこの映画みたいなものでした。彼女はくだものナイフで、僕は傷だらけのリンゴだった』

共生関係であり、共存関係であり、共犯関係なんだ、とその脚本家は語っていた。

くだものナイフは大好きなリンゴを傷つけてしまうのが怖い。触れることすらできない。

傷だらけのリンゴは自分が誰にも選ばれないことを知っていて、それでも、誰かに救ってほしかったんだ。

はたして桐島朝人と浜咲麻衣は、どちらがくだものナイフで、どちらが傷だらけのリンゴだったのだろう。

あとがき

こちらの『くだものナイフと傷だらけのリンゴ』は私が専門学校を卒業した時期に書き始めた小説でした。

書き起こした期間は一年くらいだったのですが、手を加えた期間の方が長かったです。むしろ最初に書き起こした展開からは随分違うものになりましたが、これはこれで、しっかりとしたものになったのではないかと思っています。

この小説の主人公である桐島朝人はあまりにも平凡以下の人間で、これまでずっと損を押し付けられてきた人間でした。私自身がそういう人間だったというか、いや、今でもそういう人間なのですが、そういう人間がどこかで救われないかなぁと思う毎日です。

まぁ救われるためにはどこかで自分から動かなくちゃどうにもならないのですが。

ここからは小説を書いてるときの私自身の話を。

私はいつも近所に、いや、近所ではないのだがとはいえさほど遠くでもない国道沿いの喫茶店で原稿を書いているのですが、ここはもう多分七年くらいは通っているはず。

ブレンドとアイスコーヒーを季節によって頼んだり頼まなかったり、時折フレンチトーストを頼みながらも、三時間くらい居座ってひたすらに書く。いまいちアイデアが浮かんでないときもとりあえず行って書く。ここに来れば書けるんだ——と自分に暗示をかけて、アルバイトが休みの日とかは必ず行ってました。今も行ってます。

おそらく喫茶店の店員さんは僕を見て無職のクズだと思っているのでしょう。コーヒー一杯で何時間も居座る冴えない男なのだと。

店員さん、その認識は間違ってないです。確かに僕はアルバイトをしているとはいえほとんど無職のようなものですし、人間性だってお世辞にもいいとは言えません。実際コーヒー一杯で何時間も居座っていますし。なにより冴えない男です。

私とて困っています。できれば自宅の書斎で静かな雰囲気の中、寝食も忘れて一日中小説を書いていたいと思います——すいません、嘘をつきました。

そもそも私の自宅は両親が所有しているし、書斎などなく、漫画と小説と謎の書類に囲まれたあまり片付いているとは言い難い部屋です。いっぱい食べてぐっすり寝たいし、なんなら小説を書くことだってできればしたくない。

もう十五年以上小説を書いていますが、一度だって楽しいと思ったことはありません。苦しいのです。あまりにも苦しい。「うひょー小説書くのたーのしー」なんて言う人は本当に凄いなと思います。尊敬します。なんて素晴らしいんだろうと心から思います。

この本を読んでくれて、なおかつ小説家を目指している方がもしもいたら、私から言えることは一つだけ。

退路を断つような生き方は絶対しないほうがいい。後で泣く羽目になる。

ここからは宣伝と謝辞を。

小説投稿サイト『ノベルアップ+』様で『メリッサ／クリア・カラー』という小説を連載中です。無料で読めますので、ぜひ読んでいただければと思っております。ポイントだとかブックマークだとか、あわよくば感想なんていただけたら嬉しいです。何卒よろしくお願い致します。

そして、この作品の完成にあたり、多くの方々に支えられ、助けられました。

まず、HJ文庫編集部の皆様には、終始的確なアドバイスとご指導をいただき、作品がより良いものになるよう努力することができました。担当編集のA様には、熱心なご指導と熱意あるサポートに深く感謝いたします。

作中のイラストを描いてくださったぷらこ様には、美麗なイラストで物語を一層引き立てていただきました。本当にありがとうございます。この本がたくさん売れたとしたら、きっと貴方様のおかげです。

恩師である西谷史先生、小林正親先生には、学生の頃より豊富な知識と深い洞察に満ちたご指導をいただきました。私の成長は、お二人の教えと励ましのおかげです。心より感謝申し上げます。

両親には、ずっと私を支えてきてくれて、感謝の気持ちでいっぱいです。あなた方の無償の愛とサポートがなければ、この本は存在しませんでした。本当にありがとう。

アルバイト先の皆様にも、柔軟なスケジュールの調整だったり、理解あるご協力をいただきました。おかげで、仕事と創作活動を両立することがなんとかできています。

そして、なによりこの本を手に取ってくれた読者の皆様。この感謝の気持ちは言葉では表しきれませんが、少なくともこうしてお伝えできることを嬉しく思います。これからも私は、読者の皆様の心に残るような物語を書いていきたいと思っています。どうかよろしくお願い致します。

多くの方々のお力添えのおかげで、この作品を完成させることができました。心から感謝しています。これからも精進し、成長していく所存です。皆様のご支援に恥じぬよう努めてまいります。

HJ文庫
1118
https://firecross.jp/

くだものナイフと傷だらけのリンゴ1

モテすぎる彼女は、なぜか僕とだけお酒を飲む

2023年10月1日　初版発行

著者――和歌月狭山

発行者―松下大介
発行所―株式会社ホビージャパン

〒151-0053
東京都渋谷区代々木2-15-8
電話　03(5304)7604（編集）
　　　03(5304)9112（営業）

印刷所――大日本印刷株式会社

装丁――AFTERGLOW／株式会社エストール

乱丁・落丁（本のページの順序の間違いや抜け落ち）は購入された店舗名を明記して
当社出版営業課までお送りください。送料は当社負担でお取り替えいたします。
但し、古書店で購入したものについてはお取り替えできません。

定価はカバーに明記してあります。

Printed in Japan

ISBN978-4-7986-3312-1　C0193

ファンレター、作品のご感想
お待ちしております

〒151−0053　東京都渋谷区代々木2−15−8
(株)ホビージャパン HJ文庫編集部 気付
和歌月狭山 先生／ぷらこ 先生

彼女のえっちな裏垢を俺だけが知っている――

ガリ勉くんと裏アカさん
散々お世話になっているエロ系裏垢女子の正体がクラスのアイドルだった件

著者／鈴木えんぺら　イラスト／小花雪

クラスのアイドル・茉莉花と推しの裏垢女子・RIKAが同一人物だと気付いてしまった少年・勉。利害関係の一致で秘密を共有することになった二人だが、次第にむっつりスケベなお互いの相性がバッチリだと分かり……？　画面越しだと大胆なのに、対面すると健全なふたりの純愛ラブコメ、開幕！

シリーズ既刊好評発売中

ガリ勉くんと裏アカさん 1
散々お世話になっているエロ系裏垢女子の正体がクラスのアイドルだった件

最新巻　**ガリ勉くんと裏アカさん 2**

HJ文庫毎月1日発売　　発行：株式会社ホビージャパン

天才女優の幼馴染と、キスシーンを演じることになった 1

著者／雨宮むぎ
イラスト／Kuro太

そのキス、演技？ それとも本気？

かつて幼馴染と交わした約束を果たすために努力する高校生俳優海斗。そんな彼のクラスに転校してきたのは、今を時めく天才女優にしてその幼馴染でもある玲奈だった!? しかも玲奈がヒロインの新作ドラマの主演に抜擢され――クライマックスにはキスシーン!? 演技と恋の青春ラブコメ!